那景、那師、那後山

新文藝空間美學徵文集錄

臺東大學華語文學系 簡齊儒 編

校長序

　　《臺東大學人文系列叢書》由本校通識中心與華語文學系共同策劃、編輯，內容豐富多元。其中彙集臺東本地傳說故事的《逐鹿傳說》、歷年通識講座精采演講內容的《山歌海舞》、本校學生在各項文學獎、徵文比賽中的得獎優秀作品《邊地發聲》、《那景、那師、那後山》等四本。這些師生與在地的互動、對廣闊世界的探索與想像，能落實編撰成系列叢書，展現出本校通識教育與語文教育的具體成果，令人欣喜與感動。

　　大學教育的精神，不僅是各學系專科知識的培養，對人群、自然、社會出自內心的關懷，更是教育最深層的目標。本校學生能在課內、課餘聆聽各領域專家學者的分享，並起而力行，關懷本地文化，以五彩的文筆，描繪生命與生活，開啟與世界對話的窗口，我相信這些聆聽、探索、創作的歷程，必定已為他們年輕的生命植下最為豐沃的厚土。

　　《人文系列叢書》的出版，首先要感謝教育部卓越計畫的獎勵與支持，使本校師生得以揮灑文學的熱情，為臺東大學留下足以藏諸名山的系列著作。而本校行政團隊前副校長陳木金教授、現任副校長梁忠銘教授、前教務長曾世杰教授、前人文學院院長林文寶教授等傾力合作，促使卓越計畫申請獲得通過；現任教務長范春源教授黽勉從公戮力執行、以及人文學院院長謝元富教授一手策劃叢書的內容與方向，俱為本叢書得以付梓的最大動力。當然，華語系同仁在許秀霞主任的帶領之下，於教學之餘盡心盡力進行撰稿、編輯等事務，辛勤的付出，精神令人感佩，在此一併致上最真誠的謝意。

臺東大學校長　　　　　謹識

民國九十八年　暮春

教務長序

　　本校自師範學院轉型成為綜合大學業已三年載，這一千多個日子以來，本校戮力萌芽與發展現代化大學的關鍵，便是人文學院體系的加入，與文化關懷的沈潛與執著。而「人文系列叢書」代表臺東大學拓展校園邁入知本的新努力，是本校教學與學習成果的集錄，是許多通識講座大師智慧結晶，亦為踏出校園反饋地方的起點，它們象徵臺東大學走向博雅通識紮根的新里程，對於此套書的成果，春源著實無比歡喜、與有榮焉。

　　本校教學與學習中心在蔡典謨校長，以及前教務長曾世杰教授等人之帶領與悉心努力之下，獲得教育部 97 學年度教學卓越計畫獎助，這套叢書得以圓融順利付梓出版，尤其感謝教育部教學卓越計畫的經費支持，讓東大文化紮根、文藝播種的努力，得以啟航。這筆難能可貴的經費，不僅資助 C3.0 深化通識教育計畫四本人文叢書教材的編纂，亦對 C1.2 提升中文能力計畫「新心知本校園文藝命名競賽」與「雙校區校園空間美學徵文」提供金援後盾予以鼓勵，讓校區內外的人文記憶，得以化為永恆文集留跡。讓外界瞭解臺東後山豐厚口傳資產，與駐足扉影的專家人生智慧，及東大青青子衿動人流轉的筆墨，欣見楚楚動人的後山人文靈感銘心刻畫。

　　本套叢書是由通識教育中心主任暨人文學院院長謝元富教授領軍，他是位積極落實理想的行動巨人，由他召集華語文學系文藝尖兵，由系主任許秀霞教授統籌執行，她並且為多元族群的後山鄉野，採擷悸動口語傳說，編制《逐鹿傳說》；董恕明教授主編《山歌海舞》重整通識教育講座吉光片羽，再現精彩生命經驗；落腳後山的學生「砂城文學獎集錄」，為許文獻教授編纂《邊地發聲》的萌發文彩；將新知本的校園注入文藝美感，匯集良師速寫、優良通識課程徵文得獎作品，由簡齊儒教授主編《那景、那師、那後山》，將東大的親

切良師，與豐富優質課程，糾結雙校區的麗景文脈，一氣呵成臺東文氣江山。

　　《臺東大學人文系列叢書》此次精彩啟程，尤其感謝蔡典謨校長的鼓舞支持，文學院謝元富院長的孜孜推展，華語文學系四位教授利用課餘時間，盡心承擔起繁忙的教材編纂，其服務熱忱，尤令人感佩。通識教育中心同仁孟昭、怡君、教學與學習中心助理羅崴全力幫忙，秀威出版社主任編輯林世玲小姐與編輯賴敬暉先生、藍志成先生、詹靚秋小姐熱心協助，其認真用心，實為感人。希望透過這套優質人文教材的開拓，讓更多東大的莘莘學子感知文藝的美好，促成教學品質的提升，以致更多讀者知悉臺東大學通識人文精實的成果，把臺東大學教與學的文藝成果扉頁，永續開展，觸角地方，感動寰宇。

臺東大學教務長暨教學與學習中心主任

范春源

民國九十八年四月

人文學院院長序

　　人文學院自創設以來，即以人文素養與全人教育之陶冶為兩大主軸，並強調學科間之整合，以達成知學博雅之治學目標。為達成本院治學之此鵠的，特於豐穰肆穗之時節，將揚文臆墨之砂城文學、舊耆薈萃之臺東傳說、博雅通人之通識講座、空間令名之美學徵文等做為輯選內容，策卷此《臺東大學人文系列叢書》，即《逐鹿傳說》、《山歌海舞》、《邊地發聲》與《那景、那師、那後山》等四本，其內容蘊載甚豐，冀呈方家賜正，並為人文薈萃之海角邊地，更添文詣指麾之契。

　　臺東大學對文藝之興舉與倡行，向不遺餘力，並已歷數載雁歸，所培育之文壇才俊，在在皆有我東大文氣風骨，今《臺東大學人文系列叢書》編策成籍，一冀能為東大長空揮抹永存雲彩，更盼能為文壇書林復置萌策。

　　此系列要籍蒐羅近年臺東大學文魘一時之作，形制含括講演文、散文、新詩、小說與創意文字等現代時興文體，內容則寫景、寫物、抒情、感懷等，無所不包，此皆我東大文壇新進揮灑臆墨一時之作，尤值得讀者嵌譜續章。

　　今《臺東大學人文系列叢書》草成，謹對此計畫之翼勵推手蔡校長典謨教授、副校長梁忠銘教授、范教務長春源教授等，敬誌吾人之謝忱。而本院華語系許秀霞主任及全體同仁殫精竭力，參與撰寫、編稿，辛勤猶多；美產系姚惠瀠主任協助封面設計，使佳圖與文采相互輝映，呈現出人文學院特有的和諧溫馨風格，特在此一併致謝，並致勉所有曾參與編撰之東大燿星們，願東大華夜永熾斯輝。

國立臺東大學人文學院院長

己丑年春分

通識中心主任序

　　2008 年初冬，本中心參酌東華大學、政治大學等校開發「優質通識教材」的經驗，與本校華語文學系許秀霞主任和語文教育所周慶華老師共同規劃《逐鹿傳說》《山歌海舞》、《邊地發聲》、和《那景、那師、那後山》四冊「東大人文系列叢書」，時序進入 2009 年初夏，這四本書要出版問世了。

　　首先，由華語文學系主任許秀霞老師編著《逐鹿傳說──東臺灣文化地誌》：主要以臺東十六個鄉鎮地方的漢人神話、傳說與故事為採集對象，此書既提供田野訪查的實錄，更能豐富讀者對臺東地方歷史、人文的觀察與想像。由華語文學系董恕明老師主編《山歌海舞──通識教育選粹 I》一書，則是以「從臺東（在地）出發，面向世界」的概念，進行對歷年通識講座的編選，讀者閱讀此書，有機會認識不同風貌和深度的東臺灣。

　　其次，華語文學系許文獻老師主編《邊地發聲》，是砂城文學獎得獎作品集，此一文學獎迄今已舉辦九屆，旨在鼓勵東大學生透過創作，保持一種生命的熱情、對世界的好奇與社會的關懷之心。再有華語文學系簡齊儒老師主編《那景、那師、那後山》，是將教務處教學與學習中心舉辦之「良師速寫」、「優良學程」徵文，通識中心主辦「通識徵文」，以及華語文學系辦理「知本新校區空間命名」、「校園空間美學‧文藝徵文」之得獎作品集結成冊，從中可一窺本校學生在專業學習與博雅教育方面的具體成果。

　　總而言之，東大人文系列叢書的出版，一是結合校內外同仁專長，藉著開發優良通識教材，期許能將地方的藝術、文化、環境……等風姿，連結到我們對世界的認識與探索。再一是整合東大學生校內各項徵文活動的得獎作品，為他們青春的彩筆，留下繽紛的見證。

　　最後，此書能順利出版，除要感謝演講者、文字撰寫者、華語文學系和通識中心同仁的協助，更要謝謝蔡校長典謨和范教務長春源的大力支持，當然還要有秀威出版社主任編輯林世玲小姐、編輯藍志成先生等人的戮力鞭策，方能讓我們在山歌海舞的東臺灣，共譜這曲智慧的樂章！

　　　　　　　　　　　　臺東大學通識中心主任

　　　　　　　　　　　　民國九十八年年春末

目　次

臺東大學・知本校園

「新心美學・空間命名」

「新心美學‧空間命名」評審意見

臺東自然生態作家／王家祥

　　大學生活是令人懷念的，尤其是優美的大學校園；大多數大學畢業生在離開校園出社會後，便少有機會生活在綠意與寧靜的大學校園中，因此許多人懷念大學時代漫步在椰林大道，或醉月湖的醉人氛圍；記得我剛離開中興大學，當兵，退伍、剛出社會工作那段苦悶的時間，仍時常回到臺中，到我生活四年的校園懷舊，那兒簡直是我的第二故鄉，能夠安慰我不安的心靈；我的四年大學生活非常快樂充實，因為在學校擔任校園工讀生，讀森林系的我，擅長景觀維護、園藝工事，大二時被派駐在「雙池」，省下宿舍費，負責照顧「雙池」中的魚兒，餵飼料，週日還幫學校對外收取釣魚門票。「雙池」是兩座大池塘，周圍是花園，蓋有一間小木屋，工讀生住在別墅般的木屋中。每天必須維護花園，掃落葉，修花木，兼得負責晚上來此約會的雙雙對對的情人們的安全。

　　此外，像「中興湖」，風景極佳，可惜名字呆板了點，臺東大學此次舉辦的為校園命名，公開徵件的活動，創意實在很棒，例如「無波湖」，我個人很喜歡！想想看，要是你為學校命名了某一處地名，你一定與有榮焉，多年後還會時常記起！譬如我在校園工讀，「中興湖」，「南園」，「雙池」等都有我辛苦參與的回憶；種了哪些樹，鋪了哪些石板，砌了哪段堤岸。想當初二十年前，中興大學也像現在的臺東大學知本新校區，很多校地未開發整理；我大一新生報到時，乍覺得這座大學好荒涼，好像農村生活，有牧場、漁池、花房、果園、溫室、湖泊，還有一大片森林，甚至有一畦畦農藝系的「水稻田」與休耕地，不像現在蓋滿了教學大樓；我那時，的確是城市小孩進了一所農村大學，住在農村裏，學習拿鋤頭，與土地為伍，多年後，最懷念的，也是這種日子。

　　所以，臺東大學的學生似有了新家，一切的創舉皆是創造了歷史與文化，現在也許不覺珍貴，多年後，想起華語系用心徵求出大家的創意為學校命名，而不是草率由少屬行政人士決定，並且集思廣益還公開評審，想出來的名字一定很符合臺東大學的特色，這就是「文化」的過程！

　　「思考小徑」，「湖濱小徑」，「鏡心湖」……我認為名字要簡單好記，不需太文言，畢竟地名還有實際的層面要考慮；走入「思考小徑」，沿著「鏡心湖」，冥想靜語，大學校園，不就正是要提供學子們這樣的學習環境？獨立思考，人格養成，人文精神與校園的氛圍息息相關。

「新心美學・空間命名」評審意見

信義國小校長／邵雅倩

　　每個新生命，都是父母的心肝寶貝；因此，為新生命命名，每個父母都非常用心，恨不得將所有的祝福和期望，全都灌注在那短短的一兩個字裡面，期盼自己的孩兒一輩子吉祥順遂。所以說，命名，是愛的進行式，是親人對新生命一生最溫暖的守候。

　　恭禧臺東大學知本新聚落的誕生，並且辦理校園十一處定點命名這樣既神聖又有趣的活動。筆者評選五處定點的命名作品，發現參選作品充分展現出東大學子細膩的心思與活潑的創意，其建構新名的方向大概從下列幾點著眼：

　　一、地理位置：以臺東為名的「東坡」、「小後山」；以校園建築為名的「人文之瞳」、「聽書臺」等。

　　二、造型特色：表現視野遼闊的「豁然坪」；標示圓弧形狀的「貝音迴響」、「泡泡廣場」、「華爾滋廣場」等。

　　三、自然景致：書寫自然風情的「向陽草坪」、「日光學堂」、「曙光金野」、「扶霧坪」、「激雨坪」、「綠唇丘」、「風海佇足」、「依夕之丘」、「聆籟小徑」等。

　　四、未來期許：期望校園和諧的「和原」；勇於挑戰傳統的「斷背山」；御風翱翔追逐夢想的「風翼之丘」、「奔騰年華」、「圓夢廣場」、「筆耕原」；追尋真理與智慧的「迎知丘」、「穿雲路」、「自由之丘」、「真理之口」、「進學小徑」、「智匯廣場」及展露青春丰采的「星光大道」、「星光舞臺」、「紅顏舞集」等。

　　五、諧音逸趣：表示求知之旅的「思路」；展現微笑頻率的「坪綠」；師法古聖文豪的「定風坡」；培育優秀人才的「菁茵原」；追求純淨靈魂的「洗薪嶺」及齊心維護綠地的「露見步坪」等。

　　這些正向的、趣味的、感性的命名，表現出東大學子積極的人生態度、豐富的愛校情懷與對臺東在地文化的認同，各具巧思。尋名結

果百花齊放，是校園民主學風蓬勃的表徵；選名定名公開審慎，是為校園文化歷史負責的作為。在評選過程中，筆者考量四點：

一、整體性：因為校園規劃是整體的設計，命名的風格也應該有一致性。風格的一致性取決於選材方向與命名字數，所以在行政大樓兩側的草坪命名上，建議以「風海佇足」搭配「曙光金野」、「向陽草坪」搭配「日光學堂」或「思坪」搭配「念坪」分組選擇，以求唸音響亮，寓意和諧。

二、願景性：從「定點特色」與「學校願景」中，尋求「一語雙關」的命名，格外具有話題性。例如：命名校門口背後小山丘的參選作品「定風坡」（定風波）、命名文學院往宿舍大一街林徑的參選作品「思路」（絲路），就頗能同時表現這三個特色。而將這兩地分別取名為「風翼之丘」與「穿雲路」的願景之作，兩兩相配，也非常令人印象深刻。

三、人文性：校園建築物的座落、設計與命名，是學校潛在課程的一部分；命名優雅，除了展現學校的人文風尚，也表現出學子的文藝靈思。因此建議如：「小狗華爾滋」、「打草驚蛇」、「東大莽原」等較為通俗的稱呼，用字遣詞宜稍加斟酌。此外，參加東農超市前廣場命名活動的作品特別踴躍，可見這個地方對學生意義特別；參選作品中的「人文之瞳」命名雅致、「智匯廣場」淺顯易懂、「泡泡廣場」充滿青春氣息，都很不錯！

四、音樂性：二到四個字的稱呼比較好念好記，字數太長念起來響度就不夠了；例如：「一處一點紅」、「迷你萬里長城」、「維多利亞的秘密」等，不妨再潤飾過。而短字數的作品，也要考慮是否會造成誤解；例如：「露見步坪」、「洗薪嶺」的命名雖然風趣幽默，但是接下來的「拔刀相助」、「洗心革面」意象，在校園中出現是否允當？也要細加思量。

臺東大學有了這麼多關懷校園文化的莘莘學子，樂於參與如此活化校園的命名活動，意味著這青春夢想的原鄉有源源不斷的「愛校」潛能，即將熱情奔放東臺灣！可以想見：命名結果揭曉的那一天，臺東大學的師生都會眼睛一亮，充滿喜悅！

↑ 定風坡

一｜校門口背後小丘

華語文學系／蕭智帆

空間命名：**定風坡**

蘇軾〈定風波〉：「也無風雨也無晴。」

常常在從西康路奔馳後迅速轉進校園的感覺都是這樣的，不管在有風抑是無風的時候，在這一片荒園裡，知本校區就同一座城堡，在被手錶上的時針分針追殺之時，進入校園宛如解下定心丸，這是，也無風雨也無晴。

這一切的緊張與威脅都因進入校園而改變，人也就在進入這座堡壘後開始浪漫瀟灑起來。

↑ 向陽草坪

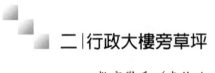

二│行政大樓旁草坪

教育學系╱李佳玟

空間命名：**向陽草坪**

　　陽光象徵希望及生命力，翠綠的草坪仰賴著陽光，得到強韌的生命力，如同東大知本校區，孕育新的生命力，帶著理想、盼望朝向未來的希望之光邁進。

↑貝音迴響

三｜東農超市前廣

華語文學系／黃信翰

空間命名：**貝音迴響**

　　當初命名時是先從他的造型出發，像兩隻蝸牛。但又覺得用螺會比較好，最後提升到貝字，此外貝殼剛好不是由兩片組成的嗎？此處建築當初設計是做表演用，所以跟音又有關係了。貝音迴響就由此而生。想像一個人拿著螺類的貝殼，聆聽週遭空氣的激盪，就是我所要表達的。

↑穿雲路

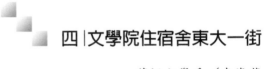

四｜文學院住宿舍東大一街

華語文學系／李姿瑩

空間命名：**穿雲路**

茫茫學海浩瀚如雲，身入其中，遨遊天際，曾有徬徨、也許迷惘，不放棄理想而努力的最終，穿雲而過，走向晨曦。

↑ 曙光金野

五|行政大樓與教學大樓草坪

華語文學系／李姿瑩

空間命名：**曙光金野**

　　當曙光灑落在知本校區獨有的大片草原上，草上的露珠熠熠閃耀出朝氣蓬發的氣息，碧草披上金紗，微風拂過，波濤相繼，故名為曙光金野。

↑ 鏡心湖

六│大湖

英美語文學系／黃歆淳

空間命名：**鏡心湖**

　　鏡，是一種反省與檢視自我的工具，「以銅為鏡，可以正衣冠；以古為鏡，可以知興替，以人為鏡，可以明得失。」湖面清澈平滑猶如鏡，故命名之。

　　鏡心湖的「鏡」也可通「淨」或「靜」，期盼來到此湖的同學可以藉著散步湖邊，洗滌身心（淨）、靜下心思考當下面臨的問題或困境（靜），看著湖中的自己（鏡）思考自己最想要的究竟是什麼？相信很快就會豁然開朗的。

↑思考小徑

七 | 環湖小徑

應用科學系／陳韋廷

空間命名：**思考小徑**

　　靜謐的湖泊，藍藍的天空，可以徜徉其中，擁抱這天地，靜靜地思考。人類最需要思考，思考任何人事物，慢行於小徑，觸發靈感，這是心靈成長最好的步道。

↑無波池

八│東大二街旁小湖

華語文學系／劉人瑋

空間命名：**無波池**

　　因為小湖鄰近宿舍，規模又不及大湖，所以風吹時所起水波也不大甚至可以說是無波無浪，學生煩悶時也需要尋求心靈的平靜，這時候就可以漫步到這個小湖，看著無波的湖面臉上吹拂著暖風，心靈的波動也就漸漸平息許多。

↑ 挽嵐庭

九｜華語文學系前小廣場

兒童文學研究所／劉玟君

空間命名：**挽嵐庭**

知本校區在射馬干山之下憑海處，草坪與小徑則以山與海的霧氣雲嵐、夕照與晨曦作名仿如自然之地中的學府，依然存有追尋真理的勇氣與自由，故華文系集會場所以此作名。

↑隱道

十│文學院西康路小徑

華語文學系／蕭智帆

空間命名：**隱道**

　　說實在的，這並不是一條多麼起眼的小道。偷偷的藏身於人文學院之後，存在於人文學院與校區邊境，也並不是鳥不語花不香，實為被人文學院與外界隔離。

　　但細心步道，若是不小心找到入口，就如陶淵明筆下的「晉太元中，武陵人」、「忽逢桃花林」。

　　因隱而隱，鋪滿著紅磚幻想桃花鋪地，是因無人？無閒人矣！

↑ 進學大道

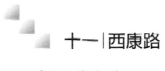

十一│西康路

華語文學系／程珮瑄

空間命名：**進學大道**

在這條大家往返知本與臺東校區之間的道路上，發生了不少起車禍，「進學」二字，摘自韓愈的〈進學解〉。

取名為「進學大道」，除了希望臺東大學的學子們在往返此路上能用心進學之外，也希望學生們能注意自身的安全，以及想想自己進學的目的與意義。

↑ 逐夢梯

十二│人文學院的外側樓梯

英美語文學系／黃歆淳

空間命名：**逐夢梯**

　　無名之名景點：人文學院的外側樓梯，外側樓梯搭配著周遭的夢幻景致，天空、山巒、蟲鳥鳴，彷彿置身夢境一般，每日求學必經之逐夢梯，為我們的將來打好基礎，期盼同學一步一步踏出自己的夢想，依循自己繪出的藍圖前進。

↑ 倒影迴廊

十三│文學院通往美術產業學系走廊

美術產業學系／吳孟樺、詹雅婷

空間命名：**倒影迴廊**

　　陽光映過了彩色的玻璃倒影在地，從樓梯間往下走，此刻的景象映入了我的眼瞳，為這個昏暗文學院中的要道，增添了光的璀璨印象。

　　每週每週，我都會經過這個狹廊數次，他與我們關係密切。試想，哪天他堵塞了，這個文學院是否也癱瘓了大半？

校園空間美學徵文

散文組

雙校區校園文藝徵文評審意見

簡述「校園空間美學——散文徵文」有感

臺東大學附小教務主任／黃秀雲

散文是一種自由的文題，無論內容或是形式。在表達方式上，散文可記敘、可描寫、可說明、可議論、可抒情，或是幾種方式交替出現。

散文的作用在於『動人』，評定一篇散文的優劣標準，著重於是否能在讀者心靈深處引發感動或觸動？能打動人心便是優者，而在這過程中，「真情實趣」起了關鍵的效用。

「校園美學散文」徵文的主題內容以臺東大學雙校區或鄰近地區的人文、歷史、空間景致等為範圍。其目的之一，是勾連學生熟習校區的感性記憶，興發熱愛校園的文藝感懷。從數篇徵文〈那年，與你相識的瞬間〉、〈校之美〉、〈海洋的孩子〉、〈知本之美〉、〈西康路〉看來，發現大家有些共同的困境：

1.標題與內容有距離，如：

〈那年，與你相識的瞬間〉以校園各處空間為敘述主軸，作者雖努力營造文句的詩意氛圍，但未顯示出對「瞬間」所見、所思、所悟的驚奇。

〈校之美〉未見作者在作品中對校園美景，不管是對人或對物或對景的讚頌。反倒較多的負面心境，像「……上課鐘響，打斷了我的視線，也打亂了我的平靜，我歎息的朝著監獄的大門前進，進入一個冰冷的世界」；又像「走著，走著，我們到達了一座神秘的湖，周圍雜亂的草和圍起來的柵欄，讓這座湖顯得孤獨而詭譎」。

〈知本之美〉內容是描述知本校區裡的建築、景物與學校生活的心情感受。由於「知本」是遠近馳名的觀光景點，大眾對「知本」已

有一定的熟識，直接將「知本校區」以「知本」來稱呼，難免讓人會錯意，或許以知本校區內的某處名稱為題，會更貼切。

2.對語言的精準度無法確實掌握：如「一陣清爽的風從背後敲擊我的肩」、「在蓬勃發展的草原裡蜿蜒」、「然後就是我們的相遇了，在那個落花繽紛，秋葉燃燒的小小校園」、「你是不是會看著一望無際的海洋想望」、「冗長似乎沒有盡頭的道路」、「在人多嘴雜的大學裡，一些傳聞就如同蔓延一般傳開」。

3.未能鮮明顯現校園美學的情趣：如「接續著的地板是有點不太相稱的地磚道，暗紅的地磚，讓我覺得有點髒髒的，更突兀的是那凸起的圓盤，它的作用到底是什麼，我始終不明白。」、「一隻狗橫屍路上，我不敢猜想牠的死因……是流浪狗嗎？被放生的？我不願再多想了，這真的十分令人難過，若真如我所想，人類的罪行實在是罄竹難書。」

舉出上述例子供參，期待參賽者能再接再厲，往後在寫作時能對素材及題材有深刻的瞭接、感受及領悟，繼而以精準的語言、清新自然的筆調，將自己的所見、所思、所悟展現出來。

校園空間美學──散文【評審意見】

臺東專科學校通識中心／王文仁教授

〈那年，與你相識的瞬間〉

　　這篇散文知性、感感性兼具，融敘事、抒情於寫景之中，非常難得。題目將校園擬人化為「你」，一開始就帶出一種近距離的親切感，很有創意。作者認為自己與校園初識謀面，雖然有陌生不安，卻美好驚喜。因為他從紛飛的落葉、振翅翩躚的蝴蝶、群花的芬芳……這些無聲的話語中，很快得到心靈的安頓。

　　在這天神降臨、陽光召喚、月色潛藏的天地裡就學成長，作者靜觀週遭的人、事、物，包括充滿生命活力的室內羽球場、光澤明淨的地板上，此起彼落的腳踏磨蹭聲，都觸動新鮮好奇的熱情。當然難免日常生活習慣之後的困頓煩惱，於是他為自己找尋一處靜謐的港灣──圖書館，淨化身心，沉澱智慧。因為具備穿透表相世界的靈視能力，所以作者可以在「等星辰跑出曠野」四處吹拂涼風的後操場，覓尋靈感的蹤跡。

　　校園餐廳與宿舍之間綠意繚繞的步道，常見小蝴蝶在花叢中竊竊私語，讓作者「感到色采越發璀璨明亮」，甚至「不知不覺跟著光陰睡去」。類似的佳句極多，如「走廊總是很長，好像是一處到達不了的時間盡頭，日復一日的來回之間，好像看見昨日與昨日的身影疊在一起……」，乍讀平淡無奇，一轉念則無比雋永，因為作者擅於以空間寫時間，帶出生命的深度和厚度來。結尾寫「你純樸自然的腳步聲，在歲月的流逝之中，依然清脆響亮。」簡淨含斂如詩。

〈西康路〉

此文以連結臺十一線和臺東大學知本校區的「西康路」作為描摹的焦點，充滿了年少情懷的喜怒哀樂。通篇文字幾近白描，沒有刻意的雕琢修飾，純以隨興、真摯取勝。而隨興、真摯，既是優點，也可能是缺點。長處是傳神入木，短處是有點凌亂。

這個一登場就「冗長似乎沒有盡頭」「兩旁雜草叢生，人煙稀少」「沉默得令人討厭、令人發睏」的西康路，對來自都會習於瘋狂玩樂的新鮮大學生而言，毋寧是「很擅長營造恐怖氣氛」的；諸如夜裡從市區機車騎了三十分鐘還回不了校區、夜半橫屍路上的狗屍等等。然而文中稱學校為「集中營」的作者，雖然絮絮叨叨地抱怨世道、指責人類；可是，隨著文章的開展，作者總能窺見黑暗裡的光。

像「沒有光害的西康路上空，是澄淨的星像圖……北斗七星清晰可見」，讓他感動；有時獨自在西康路上，會「望著遠方隱約的山脈想家」。結尾處說這「與眾不同」「蛇會在馬路上默默爬行的」西康路，「很久很久以後，在山脈的另一邊」的他，「也會想念」。這設想中的意境，相當動人。（附帶一提：寫狗的那兩個段落，作者似乎可以再思考，自己也可以通報請負責單位處理呀。）

〈知本之美〉

本文節奏舒緩，用字遣辭多所斟酌，從初來校園時的不適應，到時間拉長之後的傾聽自然、融入環境，寫的是一趟身心之旅。字裡行間有其逐漸「轉化」的可喜。文中穿插不少書本習得的知識，如貝多芬、賈島、余光中，以其經驗來吻合作者自己的心境感懷。

有的貼切，有的難免辭溢乎情。如：文中形容準備期中考期間「許多間發光的寢室」「隱藏了多少貪玩的懊悔和熬夜的痛苦，低語著帶笑的辛酸和悲壯的取捨，而意志力在光明與黑暗的交界處，英雄式的浪漫戰鬥正在上演，命運試圖將搏鬥的痛可苦昇華為一種崇高」，讀起來有不自然的誇張；又隱喻自己如「五陵少年風塵僕僕」，亦失之於謔。其它部分大致可取。

〈海洋的孩子〉

這篇洋溢某種海洋民族的神秘氣息，喃喃頌嘆有如一闋生命之歌。「親愛的瑪薩克魯」，既真實又虛幻，既內在又外在，既是人類又是神祇。作者蓄意醸造的「海問」，恍若探叩問宇宙初始之奧秘，偶而落實在「骯髒、污穢、暴力」的人世；可惜之間缺乏恰當的聯繫。此文筆觸時時閃耀牛輝，卻流動反覆，游離散漫，難以聚焦。

〈校之美〉

題目雖名為「校之美」，其實有相當的篇幅，所敘寫的都是無助苦悶的情緒，這或許也是初來者普遍的心聲。學校課堂被作者譬喻為像「監獄」般的「冰冷世界」，能夠轉移、釋放這些負面感受的是，遠處翠綠連綿的群山、校園蓬勃的草原、紅花，以及金色的陽光，種種大自然的慰藉。

總算樸素、莊嚴的人文學院，兩旁有綠色植物在說「歡迎光臨」，但也只是「似乎」而已。結尾還是在寂寞中凝望「山、雲、太陽」，不過，作者知曉自己「往後來知本校區的路上會多了一份期待」。這樣的轉折有點牽強，不易扭轉整篇文章低沉的調性。

校園空間美學徵文——散文組

「知本之美」

第一名　華語文學系／陳玫均

　　知本之美，馥郁柔香；知本之花，含苞待放。

　　素淨淡雅是客觀地描述知本校區帶給我的印象，灰白色階的建築物和乳白色系的圓形廣場，橄欖綠色的山巒配上湖水藍色的天空，象牙白色揉著玫瑰白色的雲朵，蘋果綠色的草坪點綴著薰衣草紫色的小花，鐵灰色的柏油路上通行著一條條血紅色的馬陸，顏色的組合與濃淡，搭配的是那麼恰到好處；即便偶爾有出錯的時候，這都怪那夕陽，紅色與白色揉藍於晚天，錯得仍是那麼美麗。人文學院外的廣場是橘紅色的襯底和紫灰色的阡陌，規規矩矩的方格狀，正好平衡了人文學院不受拘束與天馬行空的浪漫幻想。建築也是有稜有角也有圓有方，現代感的設計讓人文的靈魂精神更趨向專業化。

　　知木之美，在每個季節都有不同的景象。我們有幸參與其中的計劃，伴著知本校區一起成長，從工地到校舍，從荒地到操場，每天的細微變化，每雙眼睛都在仔細觀察。慢慢的進步，慢慢的茁壯，知本之花開始發芽，從葉脈到教學大樓，從花瓣到大小湖泊，勾勒出花朵的雛形，靜待著花朵綻放；何等的幸運，何等的際遇，校區座落在知本這美好的時空裡。

　　傍晚時分多加了件薄衫，聽著音樂，一個人在知本校區裡散步。天空飄起了綿綿細雨，伴著古典樂，不禁想到貝多芬作曲時，心中和腦海所想到的到底是什麼？是否當一個人無法再聽到外界聲音時，才能聽到仔細傾聽到自己內心的聲音？一個人、一場雨、一方天地，雨滴像綿霧一般溫柔的纏繞與包圍，凡是能去的地方，它都去努力地編織那細密的情絲；我們不會知道這雨打算什麼時候停，就像人生的際遇，誰也不能預知在何時會發生什麼事一樣。

　　舔舐著身上的傷口，塵封在心底的往事被雨水淋得視線模糊，山嵐之間的柔霧也看不清楚，嫋嫋輕揚著不曾間斷的低語，縈繞久久而不忍飄散；蹲下身嗅聞路邊不知名的野花，一縷暗香撲面而來，襲鼻而入並紮根在心靈深處，每一次的心動都會牽起滿腹的心思，伴著音樂如此良辰美景便浮現了。神遊於悠揚太虛與飄逸聲境，徘徊在知本校區的步道裡，如數家珍地細數飛花濺玉般的記憶，是慘綠少年滿腔的秋思？還是無病呻吟維特的煩惱？微笑中挾著無奈，淒婉中點綴潋灩，大學生活因此亮麗多彩，還是因為這場細雨讓綠茵晶瑩透徹？

　　深愛著音樂的貝多芬，當他失聰後是否還能清楚感受，每個音符都想跟他訴說些什麼，古典樂那五條綿密的情絲是否依舊莫忘初衷。回到晨曦樓的宿舍，托著腮倚靠在陽臺邊，寧靜的月光下依稀可以看到表情嚴肅的貝多芬面對著鋼琴，他緩緩的彈奏，述說著生命中每個音符，一曲一曲的娓娓道出，房間裡傳出來的音樂在悄悄地耳際邊輕輕拂過。夜晚的來臨，有一種聲音如呢喃似輕訴，有一種心情如飛行似遨遊，以鳥語佐蟲鳴譜著自然之樂章，夜的降臨流露出清晰的空靈，溫暖恬靜的自然音韻，輕輕地撥弄著纖細的情感，微微地透著光亮，淡雅的香氣餘波盪漾，將心情寄託到遠方，乘著微光的羽翼輕輕落在知本異鄉，在等待大地甦醒的那一刻，讓生命在眼前美景的溫柔中埋藏哀傷。

　　把憂鬱放在快樂頌的樂章，我們要站在有光的地方，把思緒投進湖水，一圈圈的漣漪在月光下閃閃發光，流浪的詩人可以就地躺下，歷史翻開這片美麗的憶往，知本校區裡的磚瓦不安分的躁動著。幾許月光斜斜的抹著照在人文學院臉上，兩棟新大樓早已在旁邊蓄勢待發，臉頰淚兩行的酸酸鄉愁，鹹鹹的思緒竟讓心著實發燙，寢室的白色皮箱已微微的泛黃，這一年來漂泊異鄉的成長也刻在心上，近鄉情更怯，不敢遙望回家的路會有多長。

　　一縷月光灑在遼闊的草坪上，小花舒展著淡雅的花香和些許的迷惘，蟲鳴聲敲打在紅磚道上，涼風穿過時光吹入過往，一張稚氣的小

臉頰，跑過菜市場驚醒熟睡的母雞，月映水上，人影搖晃，小心翼翼的抱著車輪餅跑回家。幾盞無言的路燈，用心的感受這朦朧的夜色，心中卻縈繞著期中考的範圍和才打一半的報告；滿夜的星斗似乎在鋪敘一個令人斷腸的愛情故事，又似傾訴了牛郎和織女歷經多少漫漫的長夜，多少傷痛的分別，多少苦澀的淚水，多少遙遠的期待，多少思念的極致，都超越不了相隔兩地的無奈現實，這份對愛情的執著，凝聚成不朽的神話傳說，這也許是古人表達深情的一種方法。

黑暗溫柔的親吻大地，夜色更添了一分寂靜，有多少游子已經酣然入夢，不能品味這份大自然賜予的神秘，泡上一杯咖啡在宿舍裡淺嚐鄉愁般苦澀的芬芳，或是來學學李白在月下獨酌，舉杯邀明月共飲甘醇，都不負這美好的時光。眺望不遠處的山巒，比平日多了幾份靜謐，也多了幾份朦朧的詩意和「只在此山中，雲深不知處。」的美感。明月照來人，似乎可以聽到薄霧瀰漫的山林裡，樹木之間彼此呢喃低語，閉上雙眼，回到了童年的粉色小搖籃，媽媽輕輕哼著兒時歌曲，阿嬤帶著我去打四色牌，爸爸親手畫給我的小土人插畫；想起日夜思念的家人眼眶總會升起一片薄霧，滿腔強烈的情感不知如何開口形容，萬水千山阻隔不了的魂牽夢縈。

記得一年前隻身搭著火車來到了這個陌生的環境，秋字悄悄地爬上了心頭，獨自坐在湖水邊細數著大一生活所發生過的點點滴滴，從剛開始的適應不良到了現在，這已經成為了我第二個家，草叢裡的小蟲們漫不經心地聽著我說故事。愁緒醞釀在這深深的秋夜裡，百感交集時總有不如歸去的沮喪，抬起頭望著熟悉的月光，心情也逐漸平靜下來，浸泡在柔和安祥的月光裡，是否余光中也因此克服了鄉愁的折磨，月亮安撫了多少傷痕累累的心靈。看著皎潔的月夜，獨坐在電腦前發呆，不自覺的又陷入深沉的思緒裡，隨著咖啡的飄香心兒一陣迷濛。

憶起知本校區剛落成的景像，彷彿翻開一本格林童話，在月夜下慢慢的細讀，離開家鄉時潸然淚下掩面而泣，月光徘徊在夜藍星稀裡，從工地裡緩緩的站起一幢幢美麗的樓房。看著魚兒探出湖面尋找

暗夜中的光亮，從有限的時間裡，潦草地刻劃歷史的印記，從鋼筋水泥到人文學院，我們踏著一路的泥濘終於走到了清爽，所有的花草樹木皆同聲歌唱，一塊磚和一片瓦，美輪美奐的校舍和操場，從無到有的經驗裡，眼看著這一切逐漸在成形，如果說這是知本校區的第一章，每個步伐都劃在歷史的新頁上，每顆石頭都洋溢著喜悅的情感，每個學生都在這格林童話裡粉墨登場。

漫長的夜晚是格外靜謐的，歷史無聲的翻了一年，期中考將近多了許多間發光的寢室，誰看出那背後隱藏了多少貪玩的懊悔和熬夜的痛苦，低語著多少帶笑的辛酸和悲壯的取捨，而意志力在黑暗與光明的交界處，英雄式的浪漫戰鬥正在上演，命運試圖將搏鬥的痛苦昇華為一種崇高，以睡眠時間撞擊成績的枷鎖，迸現的火花映在臉上化成一種憔悴，一抹黑眼圈，一聲震耳欲聾的發聵吶喊。對考試制度的種種反抗，每個腳尖都踏在老虎的脊背上，大聲的宣揚無神論的信仰，或是高談闊論存在主義的理想，這樣也許很囂張，但青春的步伐就是大步大步的向前跨。

迎接日出的來臨不知不覺成了種習慣，黎明的溫度興奮的竄入每個毛孔，天色漸漸的翻起了魚肚白，朵朵不規則變化的雲繾綣在藍天的胸口，鳥兒輕聲的哼著天籟，冰涼的風輕撫著髮梢，此刻的美景就像是位穿著灰白色漸層紗裙的小姑娘，露珠順著葉脈滑下，顆顆都閃著阿波羅的神光；一閃一閃的，時空倒抽回去，都市的清晨總有股刺鼻的汽油味，一閃一閃的，喧囂的車潮馬上填滿時間，一閃一閃的，大自然的聲音漸漸不見了。閉上雙眼，身體躍然飛起，擁抱壯麗的山巒和油綠綠的草香，在草坪上恣意的奔跑翻滾，讓陽光輕輕咬著皮膚，感受血液的滾燙。空氣裡的恩多芬和純氧，滌淨五陵年少風塵僕僕的臉頰。

練習和大自然對話，用以陶冶我們溫柔敦厚的涵養，樸實無華的美景，間接地薰陶我們的純真與善良，用真、善、美來建構屬於知本校園的景象。生活在這塊土地上，我看見了一沙一世界，一花一天堂。

知本之美，馥郁柔香；知本之花，含苞待放。

「那年，與你相識的瞬間」

第二名　語文教育學系／林郁茗

　　還記得我們初見面時，是在什麼時候？某個太陽熾熱的早晨，還是陰雨綿綿的下午？這不該是我們所關切的，當一切陌生的開始，能以美好的姿態遇見，就足以讓我驚喜萬分。如同我跟你點頭握手，你告知我紛飛的落葉，正在遞嬗著時間的老去；振翅的蝴蝶，聞著花叢中的香味，也聞出此時過境的季節。所有一切無聲的話語，反而交代著種種你欲透露給我的驚奇。我便開心地在此居住下來，感受眼前這股祥和之氣，從聚集，分散，到隨風飄去，一切都在領悟我心中不安的產生。如此，心情重現自然篤定，也得到了適切的安頓。

　　這樣的開始，我想你是充滿喜悅的。畢竟，能夠感受彼此交流的言語，用心聆聽出生命中洋溢的美感，這才是我們所珍惜的東西。行李已經急著找他歇息的地方，我便循著你的指引，來到這間將陪伴我幾年的宿舍；廣大的草皮，是我進門前踏過的地方。適合漫步，適合閒聊；陽光多次召喚此地，常把彷彿天神降臨的結界設在這裡，偶而從遠處看來，更是耀眼無比。月色只好隱居在此，也非羞於見人，只是夜晚獨留這麼一個天地，或許獨酌，或許起舞，讓潛藏的孤獨更加深邃。而與朋友在此數次，皆感光線黯淡沉寂，而這輪遺世卻越發皎潔的明月，倒是讓剛踏進新的學術領域，種種面臨到的惶恐日子，得到抒發與慰藉。

　　剛進校園不久，都會對一些活動產生興趣。也許非關熱衷與否，只是對於一些新事物的好奇，讓同一種頻率的生活步調，可以有些節奏上不一樣的起伏和變化。來到了室內的羽球場，許多學長姐正

奮力地殺球和揮拍，同學也禁不起這樣一來一往的視覺誘惑，也開始下場展現他初試啼聲卻也看似不凡的武藝。聽著地板在他們踩踏間，發出各種磨蹭的聲響；尤其是地板光亮的色澤，讓室內整間看起來格外清晰，而地板光滑的質地與觸感，或許是他們經常清潔的緣故。打球表現出來的靈活氣息，瞬間騰空落地，而又飛奔跳起，整晚在這空間裡不斷地重複上演。這是來此不久，初次感受到學生們熱情的生命力。

學校之間的忙碌，時常置若罔聞。這讓我在閒暇的日子浸泡許久後，突然拿出，立刻有種無法抵擋陣陣風吹雨淋的痛苦。使我不得不找尋一處，可以安置地雷即將引爆的身心；我常想，若是口渴，找一處乾淨的水源，便可以避免貪圖瓊漿玉液的滋潤；若是飢餓，一碗飽滿的白飯，便無須再有山珍海味的奢求與冀望。但是，宿舍裡頭，顯露出各種日常，讓我對這些重複許久的習慣，盼望找到一處舒適的天地，來滿足我急欲改變現狀的欲望。

電風扇嘈雜且固定軌道的轉動，四張桌子臉貼臉靠著彼此，夜晚一到，轉頭與抬頭的習慣動作間，便是習慣的人，習慣的木床，習慣即將再次白晝的夜晚。這是宿舍裡頭的常態，倒也愛上了這樣的空間與生活，但他告訴我在此所會做的事，也是種種日常的習慣，所以不包含即將要使我引爆的考試，這會讓我還沒撐到切掉開關那天，就直接倒在床上入眠。對我來說，這是此地不宜在考試間久留之處。所以，找尋另一個國境之間，也恰巧被我找到一處靜謐的港灣。

剛進入圖書館，是一種忐忑伴隨興奮的情緒。進門左邊有處名為「小橋流水」的美好地點；此處地點較為隱密，潺潺流水聲不欲人知，裡頭安置的大理石桌椅，更是如老僧打坐於此，聞風雨而寸步不離，蕭靜的凜然之氣，在一波波蕭颯的枝葉搖動中，更加能夠感受出這樣的氣息。水底，魚群正在聆聽諸位的告解，不停地穿梭在各處隱居的洞口；偶而遇到眾神來朝，神龜使者也會緩緩爬上來，牽引遠道而來的天上諸神，往水底更深處的殿堂中邁進。

　　恍神有多久了？我絲毫沒有察覺出來。這裡沉默的空氣，適合拿來表態一切靜止的聲音，無聲的空間反倒是襯托此處典雅的美感。其實，從過去到現在，能夠吸住目光焦點的，還是在進入圖書館立即映入眼簾的裝潢和擺設。由於學校經常有許多相關的文藝作品和活動，一些出來的成果都會展示在正中央，能將進來前昏昏欲睡的疲憊狀態，於此，遠遠拋諸於門外的青苔石階下。或許，環境整體給人的美觀，反而可以消除一些心頭上的壓力，這些巧妙且細膩的點綴，書本裡頭不再是死氣沉沉的線條符號，而是種種活靈活現的知識與智慧。

　　考試結束後，書本緩緩闔上，應該找個能卸下這負荷的地方，把所有積累的煩躁全部掃除丟棄。因此，後操場開啟了屬於夜晚的時光，這裡是到了深夜時分，還是會有人群慢跑、閒晃；記得初次來到這裡，是一個午後。一片綠草如茵的曠野，磚土覆蓋成一座遼闊的圓環，圍起四周的護欄，像似看守著一處寧靜的遺址。欄杆外頭有寬廣的走道，散落著活動和練習的教室。向前望過去，沒有城市的過於擁擠，也沒有盡是沙漠的荒涼，是一種和諧自然的舒暢感。那時的畫面，只是短暫的過眼雲煙，從沒有特別記得，這裡又會在往後帶給我何種震撼。

　　提及適合排解鬱悶，述說繁華和滄桑的應許之地，我會想起這裡。夜晚的後操場平時燈光耀眼，常常把陰暗的天色弄成灰白，像是在播放早期的電視默劇。礙於白晝悶熱時間過長，得等星辰跑出曠野，四處吹拂著清爽宜人的涼風時，才適合在此尋覓靈感出沒的蹤跡。每隔一段時間，便有三五成群的慢跑者喘息而過，拉長身邊浮動的影子，隨著腳步聲的此起彼落，在紅磚土上呈現出各式各樣的奇形怪狀；有時，經過燈光沒有眷顧到的地方，彷彿魔術師般地藏了起來，燈光再叫醒，又立刻黏住主人搖晃，像似母親寵溺的小孩，變成跟屁蟲一直徘徊在身邊的地板。我靠在欄杆上，感覺微風徐徐，真的有心靈之間蘊含的能量，緩緩地往外釋放一般。後操場讓我印象深刻，該是精神獲得充沛的原因吧！

　　美好的時光，就是如此迅速且短暫。所以經常一大早，踏著昨日纏綿於自然景緻的凌亂節奏與步伐，趕著去上早晨八點的課。直到課程結束，才又拖著沉重的腳步，緩慢地回到宿舍去休息。

　　那天，決定在花圃一帶，優閒地吃完早餐後，再回到房間去。一坐下來，瞬間就被成群的幼小蝴蝶包圍住。站起身，便看見她們群聚在花叢中竊竊私語，行經之處，隱約聽聞她們流露出來的秘密。身在圓環裡頭的我，放眼望去，草皮緩緩綿延至通往宿舍的步道，又圍繞著大家正在享用美食的校園餐廳，綠意盎然成為我所能見到的全部視野；微微地風一吹過，空氣頓時覺得特別清新；將憂煩轉移給土壤，反而醞釀成更自然的芬芳，將疲憊傾訴予花蕊，倒長出了更鮮艷的花瓣。不清楚這是親眼所見，還是心理作用，每次經過這個地方，感到色彩越發璀璨與明亮。幾遍停留於此，不知覺地就跟著光陰睡去。

　　就在那晚，幾次聽聞同寢描述修鍵盤樂的過程，平常還要去琴房練習，方能在測驗上十拿九穩地彈出好曲子。只是，完全沒有印象學校這塊擺放鋼琴的神祕領域，便在好奇心驅使下，一同前往琴房。沿路上，看見籃球場上的奔跑與跳躍，嘶吼聲在耳邊轟然作響，氣勢磅礡的鬥爭，就在球從上空掉落入網瞬間，全場歡聲雷動，熱血的生命和青春的汗水在此旺盛地燃燒；還未回神，一顆球便飛到了上空，立刻被以迅雷不及掩耳的速度拍打下來。看著球即將俯衝落地，一個冷不防的托擊，球又被反彈到上空。排球場上的群眾，每條神經都繃得很緊，稍一閃神，球便會「安全降落」，成為一邊歡呼，一邊愕然的場面。

　　終於來到音教系館的門口，我很懷疑這時候耳朵給予的靈敏度，是何種詭譎且荒謬的狀況？室友告訴我樓上只有鋼琴，此時卻聽到彷彿管絃樂的合奏。一上樓去，發現整體的環境配置，跟想像的有所差異；原本以為該是寬敞的平面，配上一架鋼琴，讓憾動的旋律可以傳到校園每個地方，可這裡運用貼心的隔間方式，讓每一位學生在旋律中徜徉時，避免干擾另一位沐浴在音符間的演奏者。之前的錯覺，原

來是每一處隔間裡面，有著小提琴，長笛，以及單簧管和雙簧管扣人心弦的動人曲子。這樣的練習模式，使我今後來到此地，都可以欣賞到不同曲風交錯的音樂會；有時候和室友坐下來正要彈奏，不知覺地，心境已被剛剛經過的美妙音色，忘了眼前黑白的琴鍵以及時間的流逝。

　　某日再度來到，已經沒有了往日的人群和樂聲，剩下凝結於角落的氣息，遊蕩在已然失去鋼琴蹤影的房間；那些熟悉的演奏聲，偶而還是會出現，從很遠很遠的記憶裡頭傳出。

　　直到最近，有時從教室裡走出，總會夾帶著許多複雜的感受；若是遇到假期的日子，在悠閒的生活步調下，那些老師的授課講解，那些學生的專注神情，好像越離越遠的鏡頭一般，漸漸捕捉不到焦點與畫面，開始模糊了起來……。走廊總是很長，好像是一處到達不了的時間盡頭，日復一日的來回之間，好像看見昨日與昨日的身影堆疊在一起，接著會開始害怕，擔心有一天再也不會經過這裡，桌椅與講臺已經覆蓋老舊的灰塵，牆壁沒了指紋，走道少了足跡，一種乾淨卻少了歡笑的景象，雖然還未出現，有時，卻已佇立在眼前。

　　心跳聲還未隨之遠離，我們都還在感受彼此的生命，彼此在醒與睡之間飄蕩的風雨。承載我如此長久的搖籃，在我欣喜時聽我歌唱，難過時伸出臂膀，久而久之，我們也習慣了這樣的依賴模式，相互慰藉著對方。相信你會持續留在這裡，把自己每一年的模樣與姿態展現給到訪的客人，讓他們感受你的善良與親切。讓他們聽到你純樸自然的腳步聲，在歲月的流逝之中，依然清脆響亮。

「海洋的孩子」

第三名　華語文學系／程珮瑄

親愛的瑪薩克魯，我一直想請問你海洋。

對於海洋，你會有什麼樣子的看法？我在太平洋左岸小鎮——我們共同的故鄉後山，這樣子想像著你的回答。

猶記得在一個夢中，一片星光的清輝裡，你親吻著我的額頭，對著猶在睡夢中的我說：「你是海洋的孩子。」你在夢中依然如此感傷，你為我淚流，並且溫柔的看著我，午夜夢醒了，身旁不是你，而是一本聖經，瑪薩克魯，我知道我做了一個上帝賜予我的異夢。

瑪薩克魯，我總是在想著，這個美麗的夢境有何旨意？上帝祂單單要我知道，你為我這段難熬的生命淚流嗎？還是更有其他呢？

直到現在，我仍然可以清晰的聽見你說：「你是海洋的孩子。」瑪薩克魯，這句話總是迴蕩在我的內心，那是多麼冷靜的寂夜，那是多麼感傷的你！

親愛的瑪薩克魯，我的最親愛，你何嘗不也曾經是一位海洋的孩子呢？身上流著一半南島民族血脈的你，你是屬於海洋的情人，你的祖先在太平洋上闖盪的事蹟多了，你那傳奇般的身世也由此而來。

我們都是屬於海洋的，而且都在這個太平洋左岸小鎮上棲居，這個島與充滿了骯髒、污穢與暴力與政治惡鬥，你常常教導著我們要思考島嶼上發生的種種，然而瑪薩克魯，關於我們的海洋呢？從我們上課的教室往外望去，除了中央山脈——我們祖靈的故鄉，另眼望去，就是一望無際、波光瀲灩的太平洋，你如何看待我們的太平洋？

還記得我上大學的那年夏夜，參加了胡德夫先生的演奏會，他以精湛的琴藝彈奏了一首曲子：〈太平洋的風〉，然後臨著從太平洋吹來的夜風興嘆道：「太平洋，帶我回故鄉。」

太平洋我們的故鄉，親愛的瑪薩可魯，那一年夏秋之際，正是島嶼上的倒扁反政府大遊行最激烈的時刻，戰士累了，回到故鄉，並且從太平洋的海風裡尋求慰藉。

瑪薩可魯，然後就是我們的相遇了，在那個落花繽紛，秋葉燃燒的小小校園，你要我們去思想這個事件，但是瑪薩可魯，你隻字未提「海洋」，所以我才想請問你，我們的海洋呢？瑪薩可魯，從我們的教室一望出去，除了山，就是太平洋，就是我們的原鄉。

而我們不都是屬於海洋的嗎？聖經的創世紀在第一章裡，上帝創造了水，與天分離，海洋於是與人類分不開了；而在達爾文的進化論裡，海洋她正被證明是地球上所有生物的原鄉；而瑪薩可魯，我們的太平洋，在我們血液中澎湃著的太平洋，正座落在我們的教室外圍，凝視著我們，給於我們無限的可能，與想像，親愛的瑪薩可魯，我們豈能不愛戀、甚至不去歌頌海洋呢？

親愛的瑪薩克魯，海洋不只賦予我們生命，也開拓了我感情與想像的世界，我筆下的文字世界因為山與海洋的存在而有了意義。

我常常想著你，想你如星光般美好的詩篇是否已經寫成？當我再次步上你座落在海岸旁的花園，你的溫柔是否依然依存？你已經受傷的羽翼是否已經長好？你是不是會看著一望無際的海洋想望？而我常常又想，你不會的，我僅僅可能只是在為賦新詞強說愁罷了。

親愛的瑪薩克魯，你有沒有試圖想過，為海洋以及我們生命的相逢，甚至那個異夢，賦於意義？

瑪薩克魯，從我們上課的教室一望出去，正對著中央山脈，她有時清朗，有時雲霧繚繞；而另一端，就是海洋，就是你的祖先來的地方——太平洋，瑪薩克魯，我依然記得那年秋天，我步入你的花園時，依舊是個青澀的少年，但如今，我已非昨日的我，親愛的瑪薩可魯，你不曉得的，就如同我們今天看見的星光已非昨日的一樣。

親愛的瑪薩克魯，我常常試圖找尋著你，你漾著星輝般的身影要到哪裡去找尋呢？街道口？學校裡？課堂上？還是，我們最初最終的

故鄉——海洋？瑪薩克魯，其實你不必回答，你就在這裡，我不需要找尋，就可以在不期之間與你相遇。

　　親愛的瑪薩可魯，你已經是海洋的情人了，然而我卻還只是個孩子……，一個孩子能夠成就些什麼呢？親愛馬薩可魯，因此當我凝望著你的時候，常常希望你親口回答我海洋。

　　海是多情、是深邃、是神祕、是蕩氣迴腸，我相信著海神的存在，祂賦予了海洋生命，多少詩人們詮釋著海洋？就像我以你詮釋海洋。海也能夠成為詩歌的意象呢！詩人說：「海波是最神秘的女郎。」親愛的瑪薩可魯，在我眼底，你就是海波上最神秘最深情的女子，當每一次我到了海洋身旁，甚至在幾哩之外的教室聽見海潮聲，我總想起你那場我來不及參與的青春；然而親愛的瑪薩克魯，你卻成為我的青春中那最初的、最終的，也是最美麗的歌聲。

　　親愛的瑪薩克魯，常常我看著你，好像看見了海洋的無限柔情，你的髮絲洋溢著海洋濕熱的氣息，星星落下了，你的背影是海上無止盡的星輝……。親愛的馬薩克魯，長夜如此難耐，當我睡不著的時候，常常望著天上的星輝興嘆，寂夜何時結束？我何時才能見到曙光？瑪薩克魯，而我會嘗試在文字的宇宙中歌頌著你，直到曙光從太平洋的一端升上！然後我要回到我們的校園，從你的眸子、你的背影，尋找昨日以前的星輝！

　　親愛的瑪薩克魯，我只能歌頌屬於海洋的你，除此之外，我什麼都不是，我只是個孩子，如在夢中你所諭示的：海洋的孩子，對我而言，你就是海洋最深情的化身，是海神最寵愛的女兒。

　　瑪薩克魯，常常我凝望著你，你我都來自於海洋，落身在太平洋這個無遠弗屆的故鄉，瑪薩克魯，你是個深情似水，而熱烈如火的女子，這點我明白的知道，也曉得，但是我也要對你說，我越認識我們的故鄉，越熱切的踏著這個大地，我發覺我的情感越形熱烈，而理智越形冰冷了。

　　情感熱烈，而理智冰冷，瑪薩克魯，這是我這段生命的銘刻，也是你我遲遲無法戰勝我們彼此擁有熱烈感情的原因。

　　瑪薩克魯，我越明白我們，我越遲遲無法去回應，就如同在一個冷鋒過境的冬天夜裡，我想著你直到天明，寂夜難熬，我在天明的時刻，我走到了森林旁的海岸，對著太平洋縱聲長喧，海洋卻無法回應我，瑪薩克魯，海洋不像山谷，而在海洋的面前，我們要如何詮釋我們之間的情感呢？親愛的瑪薩可魯，我們應當為她賦於意義。

　　瑪薩克魯，我對你的情感是浪潮，浪潮不曾止歇，她眷戀著海天，她澎湃在無數個熱烈的晚天……，然而親愛的瑪薩克魯，這樣的情感是否容許於世間？這本身就是骯髒、汙穢、充滿著暴力的人世間？瑪薩克魯，你知道我凝望著海洋，想起你那場我來不及參與的青春，又眷懷著你如海洋般熱烈的氣質，然而瑪薩可魯，面對你的熱烈，你的深情，你那無止盡的愛，我卻又遲疑了，瑪薩克魯，我時時刻刻不忘那場夢中，想重溫那場夢的回憶：你在我的身邊，流著淚，看著我，夢醒了，你乘著夜風的精靈回去，留下了話語迴響在我的耳際：「你是海洋的孩子。」瑪薩可魯，神要告訴我甚麼？神要我們成就些甚麼呢？我們當為我們之間的感情下個定義的。

　　瑪薩克魯，人類曾經妄想去征服海洋，當殘酷的人們發現無法戰勝海洋，詩人們開始去歌頌她、讚美她。

　　而我也以熱烈悠揚的歌聲歌頌著你，親愛的瑪薩可魯，我以抑揚有致的詩篇，字字句句為你朗誦，親愛的瑪薩可魯，我將對你的深情，交給海洋去諦聽、去流傳，我們都是海洋的孩子，海神祂一定最懂我的對你的頌曲。

　　親愛的瑪薩克魯，出生在這個島嶼上的我們，以及他們，出生自太平洋左岸，同樣面對著太平洋我們的原鄉，我們都是屬於海洋的孩子，都應當受太平洋的洗禮，但是我們了解海洋又有多少呢？瑪薩可魯，你可以給我一個解答的。

　　我們都是海洋的孩子呢！瑪薩可魯，在那一個滿溢著清輝的夢境裡，你給我的吻代表了傳承，代表著你對我的愛，那是如母愛般，亙久而深遠的愛，瑪薩可魯，深邃、多情、光輝又深情似海洋的你，是否真正將海洋賦予我們的使命傳承給我了呢？倘若我真的自你手中傳承了海洋的命脈，我將會如何的珍惜把握這個權柄？而在我的未來，又會將這個使命傳承給誰？

　　我不知道，然而當夜闌人靜的時刻，當同樣的星輝降臨在我的床前，我總想念起你，親愛的瑪薩可魯，我的耳邊總是迴盪著那一次，那一次夜裡，你親口對我說，在夢中神諭般的話語：「你是海洋的孩子。」

校園空間美學徵文

新詩組

雙校區校園文藝新詩徵文評審意見

新竹教育大學語文學系／丁威仁教授

　　新詩並非歌詞，更不是去掉標點符號的分行散文，一首詩必須著重於意象的經營，並且必須以精鍊的語言呈現歧義性，絕對不能大量使用敘述句與感嘆句去推疊情感，本次臺東大學校園空間美學－新詩組的作品，實在是相當難從其中選出比較優秀的作品，原因如下：〈一〉幾乎沒有一首完整具備新詩結構與意象語言的作品，散化的情況相當明顯；〈二〉有些作品題目與內容關聯性不足；〈三〉多數作品意象的表現極度紊亂而不連貫；〈四〉有一些作品根本像是日記與手札，根本不屬於新詩這個文類，可見學生對文類區分的概念相當不足；〈五〉有些詩標點符號的運用過於氾濫，有些詩像是古典詩詞的翻譯，還有不是古典詩的假古典詩也混充到新詩組中投稿。經過再三思慮後，以分數最高的排列出五篇作品，希望均以佳作給獎，畢竟前三名應該是可以作為臺東人學新詩創作的標竿，但如果以本次作品的狀況，強烈建議前二名從缺，站在鼓勵學生創作的立場，改列第三名與四名佳作即可。

　　本來我的評分是以八十分為基本標準，然而結果不盡如人意，〈走過校園的點滴〉是我給予最高分──七十五分，這個作品雖然距離新詩的書寫仍有一段距離，比較像是平常日記或手札拿來分行的作品，但不乏佳句，如「飄蕩的鐘聲裡，藏有浪花和人群的腳步」、「陽光暫時不願在球場上揮汗」、「流水正在環繞成夏季的臂彎」等句子，意象處理相當迷人，必且具備畫面感，相當具有詩意，可惜整個作品太過流於敘述且冗長，有佳句而無佳篇。至於〈書香心湖〉應該是一個好的題材，將情愁與閱讀交互比擬，以傳達那種屬於青春的愛戀，無論愛戀的對象是書，亦或是人，都可以呈現雙重指涉，可惜作者寫來筆調過於浮濫，連續不斷的敘述句中，幾乎沒有任何意象句出現，再加

上與〈走過校園的點滴〉一樣的制中排行，詩意幾乎蕩然無存，但在此次的作品中，因為略有佳句，如「細細地讀著一本來自靈魂的書籍」，且在節奏上還存在一些詩的語感，因此給予七十一分。

〈月‧望鄉〉其實在結構上稍具新詩的雛形，語言的運用上也沒有〈書香心湖〉散化，然而作品本身卻產生了幾個重大的缺陷：第一，標點運用的無意義與浮濫化，尤其是刪節號，完全削落了作品的詩意；第二，語言不順，造成節奏產生破壞性的斷裂，例如「你將看不見回的路……」、「叫回家的路」、「冷風，吹過了稍尖」等等，使「酒是你在異地的第二個家」、「暈黃的光線灑落在樹間的路」等佳句，被破壞殆盡，因此我含淚給予六十八分。而〈離舍〉我一直在思考是否要將它定位成散文詩，畢竟此作品的結構並非分行詩，但相對前面幾首詩而言，〈離舍〉的詩意較多，許多句子也相當精采，譬如以童年的養樂多去比配成年後苦澀的綠茶，說海水是人生的味道，都是相當棒的書寫，但整篇近於散文卻較遠離詩要定義為散文詩也過於勉強，但相對其他七十分以下的作品，七十六分的〈離舍〉仍有一些特色。〈山鬼〉倣題於屈原〈九歌‧山鬼〉，分行的結構的確是新詩的書寫結構，但通篇語言大量使用疑問句與敘述句，如果刪去第二段與第三段的問句，或許會稍微精練一些，「或許」、「原來」、「也許」這些屬於散文概念下的聯接詞，以及「是」、「了」、「在」這類型的語氣詞或指稱詞，都破壞了作品的語感，使作品的詩意幾近消失，因而也給予了六十七分。

最後想建議貴校與主辦單位，未來可以邀請詩人透過演講，或是舉辦創作的工作坊，正確傳達新詩書寫的觀念，這樣才能使這些有才華且想從事創作的學生，得到更多直接的幫助。

校園空間美學徵文——新詩組

「走過校園的點滴」

第一名　語文教育學系／林郁茗

遇見你就像一場回憶的開始

我總在夢境中祈求月光和地圖

飄蕩的鐘聲裡，藏有浪花和人群的腳步

走向晨光或是遼闊的對岸

習慣跟著你盡情地奔跑。若是迷路

綠草迂迴的身影會告知我方向

那些藍天，白雲，和一切所屬的自然

這些片段你都還記得嗎？

流水正在環繞成夏季的臂彎

透露你即將遠去的行蹤，還有眷戀的過往

書館外頭仍舊有你的訪客

你的喜悅，映在每一個認真專注的臉上

有時撫觸你滄桑老舊的細紋

上頭刻劃你輝煌的歷史，還有斑駁的字跡

你的笑聲都還健在

如果有天遺忘，小橋底下鯉魚依舊悠然

石階不會改變它所牽引的彼端

哪天邂逅抱書的學子，記得回他：

「看看那些翠綠的枝葉以及牽牛的美」

你聽，雨好像開始下了

陽光暫時不願在球場上揮汗

而行蹤成謎的人，是我！還是你？

偶然聽見成群的朗誦

在巨輪間轉動，且漫步在偌大的操場

種種都在堆疊出你細膩的形狀

穿過小徑的燈光還有長長的藝廊

時常看見宿舍窗前的黑白畫映

黑的屬於疲憊，白的在努力中持續發亮

交錯成為你生活行進的曲風

或許，你不會忘記那一陣陣旋律

從華麗的腹地變身衝出

夜半時分，再成群回到你豢養的懷抱

每個棲身在你棚內的軀體

都滿溢著歡笑和歲月流逝的痕跡

榕園樹下總會歇息你的身影

這裡月色柔緩，連星光都皎潔地難以言喻

才會記起房內寂寥的鋼琴

美妙音符讓我亟欲窺視你的過去

有著蕭邦，還有莫札特為你佈置的婚禮

你現在應該睡著了吧？

我還是在此慢慢等你清醒過來

春雨已在泳池上蔓延

看你以蛙、以蝶和靈巧自由的姿勢迎我

在這遼闊且靜謐的藍色世界

不要忘記，這即將分別的時刻

看見當年羞怯靦腆的陌生

聆聽彼此在學習中相識

在夕陽，在午夜夢迴時凝望

我們都在模糊裡湊成完滿的感傷

季節一到，這些都將隨那鳳凰花逝去

之後希望你還認得我

踩過每個樓層匆促的聲響

遊竄在課堂的每個影子，每處悠然

用粉筆緩緩寫下

和你，曾經的時光

「山鬼」

第二名　華語文學系／呂雅琳

天邊的稜線

被鬼魅吃了一口

我試著找尋

詩人的文章裡

尚未交代的行蹤

尋尋覓覓

你走上遙遠的苦行僧路途

或許你該學習詩人

問天　問日　問月

也許你可以效仿詩人

卜卦　占星　排盤

最後的答案是一池的水

這一池的水

是屈原的汨羅江？

是朱熹的活頭源水？

是你夜裡的悲思？

是你破曉的喜悅？

我得到的

是太平洋的半個世界

原來你在這裡

找尋了好幾世的答案

你在東方之頂

我在山下等你

「書香心湖」

第三名　語文教育學系／連姿鈞

你總是隱身在綴滿思念髮中

來不及看清你容顏

卻已踏進你心底

倒映著期盼和惶恐

細細地讀著一本來自靈魂的書籍

那兒離你好近　我卻慢慢走遠

不更迭的四季　總讓我猜不出你的真實

也許匆忙路過也不曾一瞥

也許特意停留會讓時間暫停

我要的不過是一份寧靜　卻在你心底留下痕跡

漲滿的情愁中　彈不出高亢聲調

我一直懂得　你默默的收容

收容著

不是將逝去的青春

而是

靈魂交流的空間

「憶日──記臺東大學」

佳作　華語文學系／吳明進

晨曦

日出東南

光注射穿層疊雲山

被波濤碎成亮片

洋洋灑灑地

散在，眼底所見

海平面

午亭

慵懶如貓

臥在學院的長凳

昂首

天空一片藍

神遊

心遠地自偏

夜樓

月升東南

與天際中第一顆星

邂逅

夜裡的第三者

思念在星河流動

「月，忘鄉」

佳作　華語文學系／林家祥

你說你沒有鄉愁
我說　早已隱藏，在其中⋯⋯

冷風，吹過了稍尖，吹落了在這的
第一個秋，吹上了你的心海
你說　酒是你在異地的第二個家
我說　那是你在醉生夢死之間，才能
看的見家鄉中的那座聖山，
威是比不是你的家
酒瓶中
看不見家鄉，看不見
聖山

阿嬤！太陽還沒下山
為什麼要回家？
當太陽被山的稜線吞噬
你將看不見回的路⋯⋯

暈黃的光線灑落在樹間的路
叫回家的路。你怔怔的流下
眼淚，在某次解釋

回家的⋯⋯路。

校園空間美學徵文

報導文學暨圖像組

「雙校區‧校園文藝徵文」評審意見

（校園空間美學──報導文學暨圖像組）

信義國小校長／邵雅倩

　　這次參加校園空間美學──報導文學暨圖像組徵文比賽的作品一共三篇，分別為「沏一壺三味真茶」。

　　從事報導文學工作者，除了應當具備文藝人士的生花妙筆外，更重要的是要有一雙敏銳而省思的眼睛，對於社會問題、法律漏洞、底層聲音有更自覺性的尊重反省，真實地貼近生活，誠實地反映時代，讓人類的曾經做最佳的詮釋。

　　第一篇洋洋灑灑暢述作者對東大環境的印象，走筆細數東大旁的舊鐵道、東大圖書館、東大籃球場、中華路鬧街與知本校區種種情味；第二篇理性探討東大臺東校區與知本校區間往返的交通問題，迫切希望學校協助解決學生的困擾；第三篇憶述曾經在知本校區餐廳內經營山豬美食小舖的蔡老闆，饒富人情味的經營故事。這三篇文章，都能從點點滴滴的校園生活中發現感動、尋找問題、表達關懷之情，為東大人共有的生活記憶留下吉光片羽。

　　「沏一壺三味真茶」一文，作者以較大的成篇企圖，網羅東大校園內外諸景，從過去舊經驗的感性回憶（鐵道故事）寫到現今校園的生活紀錄，在敘事寫景中，注入濃郁的愛校情感與深厚的人文情懷，並以從人文學院頂樓賞景遠眺，憑欄待曦作結，巧妙的將東大和諧自在的校風、學生積極探索生命、展望未來的意象，化為令人印象深刻的文學餘韻。相形之下，「臺東大學的十萬里長征」與「配得祝福的真味」的文氣稍嫌薄弱，唯前者筆觸冷靜細膩，富於反省批判能力；後者對於難忘的校園人物，娓娓道來，意象鮮明，筆端帶著感謝心意；各具特色。

　　這項比賽特別的是文章需要與圖象相結合，將攝影作品搭配報導文學，可以讓作者的人文關懷更加客觀具體呈現在讀者面前。或許框中的世界自有其限制性，或許太缺乏想像力、太精確，而讓人爭議它的藝術性，但它絕對具有與筆相同而強烈的批判力量，因為它所訴說的情境真理直接而震撼。然這三篇作品所搭配的攝影作品，有些未能聚焦在關懷的對象與訴求的主題上；喪失了用畫面說故事的效果，實在可惜！

　　人文是甚麼？人文是累積深厚的思想去關懷生命。儲備個人對於校園人事物的感知能力，是涵蘊人文思想的學習好途徑。在現今的淺盤文化中，需要的是真心的關懷，感同身受的瞭解；何不讓熟悉的校園成為個人關懷普羅大眾的研習場，以青春飛揚的生動筆調，記錄校園生活中的見聞、領略與批判，展現新時代青年應有的擔當與智慧呢？誠摯盼望報導文學類，有更多的同學一起來投入！

校園空間美學徵文──報導文學暨圖像組

「沏一壺三味真茶」

第一名　語文教育學系／許瑋庭

圖像／顏敏如

戲說東大老鄰居——舊鐵道

　　一座與臺東大學相依扶持幾十年的舊鐵道，歷經風霜歲月，仍然屹立在微風中翹楚。它，在觀看什麼？它，在企盼什麼呢？

　　民國 90 年 6 月 1 日臺東舊火車站正式從火車界光榮退伍，從輝煌中走入了歷史，從此人來人往驛站繁華的景象不復見，鐵道邊賣大腸包小腸的攤販也行進到別處叫賣，臺東舊火車站就此進入了長長的養老時光。但是那令人懷念的出月臺廣播聲、火車進站聲，對於臺東大學，似乎還在耳際邊迴迴盪盪，不絕於耳。

　　還好，沉靜的臺東舊火車站並沒有孤單太久，那月臺、臂木式號誌機、貨物倉庫、機關庫及三角迴車道即使不再啟動，卻仍不減其風華雄姿，鐵道迷很快的就注意上了它，不只將它重新換裝了一番，還從頭到尾不怕辛勞的整頓梳洗乾淨。於是臺東舊站再度粉墨登場，這次成為了一個集歷史建築、藝術、旅遊休閒的多元文化事務於一身的重要角色，臺東鐵道藝術村。

　　如同鐵道博物館的舊火車站，蛻變成了一個大人、小孩可以一同前往遊樂、欣賞、踏青的好地方，它的美麗，於迎風舞動的群草野花中道出了一抹羞澀，正巧，被正散步綠蔭、呼吸自由空氣的我一眼瞧見，忽然一首明妃曲就此湧上了我的心頭，其中「歸來卻怪丹青手，入眼平生幾曾有？意態由來畫不成，當時枉殺毛延壽。」昭君的美就連宮廷畫師都畫不成，舊鐵道的美，又豈是那數位化影樣所能成就！

廣大的站區內有著豐富的鐵道文物，及優美的自然環境的舊火車站，換了一個方式，繼續的陪伴在臺東大學的旁邊、那些對他有著深厚感情的人們身邊，不走了，它說。

閱盡人間世事——東大圖書館

擔任著使節角色的臺東大學圖書館，在知本校區圖書館尚未完全建設好之前，充分的扮演著褓母的職位，學生們搭著一班一班的校車，湧進了這幢富麗堂皇的玻璃屋，裡面井然有序、玲瑯滿目的書本，滿足了渴求知識的學子，於是這座雄偉的圖書館，成為了結合臺東與知本學生連繫的橋墩。

佇立在長長的石版路前，周圍搭建著小橋流水，花草馨香，讓進出圖書館的東大師生們，共同徜徉在舒服的書香氣息中。它不僅固守著這座校園的進出口、生活命脈，甚至觀望著整片東部美麗海岸線，在它的凝視下，靜謐的書本不禁都在整座校園裡飛舞歡騰了起來。電視偶像劇裡，所拍攝的長髮飄逸女學生，手裡抱著幾本圖書，從校園那頭走到這頭的景況，竟也活絡化臺東大學各個角落，這圖書館的力量可比傳播媒體影響力來的巨大。

　　具圖書館裡資深長老的說法，圖書館就像很多童話故事中，裡頭都會有一個或正或邪的大森林般，故事的開頭往往都得從這個大森林裡講起。從前從前，臺東大學的校園裡，就有著這麼一座無邊界的大森林，裡面住著很多大智者，而居在在這片森林裡的東大小精靈，個個皓首窮經似的每天總愛往森林裡跑，請教大智者各種問題，而大智者也總能不負期望給予豐富的知識乾糧。漸漸的有著眾多精靈光顧的大森林，越來漸行茂密，是精靈魔力灌溉的吧！

　　而有灌溉就有成長，臺東大學圖書館正邁向結合科技、數位化的型態，像是近年來開設了圖書資訊學程，提供給東大的師生們更好的學習環境。又為了營造讀書氛圍，也新搭建一座閃亮櫥窗的副館，白天時莘莘學子從書本中抬起的疲倦眼睛，總能在透明的窗戶外尋求到極佳的精神供給品，望海，是飽滿士氣的良好調劑。而在進入夜晚時，則是給了人一種神秘金光的探索感，猶如黑夜中的聖誕燈火，讓寒風中顫抖的人有了遮蔽的地方，不只提供了位置，還奉上了一杯書式咖啡，暖了身軀豐富了心。

全民伏羲氏——球火熱

「嘿，我先回宿舍換個衣服，待會兒球場等！」每逢一整天課程結束時的下午時刻，這樣的邀約總是在教學大樓裡此起彼落著。我打從電梯口走出，也跟著飛奔的人潮回家，換了套衣服，有別早上的整齊衣冠，現在是輕鬆悠閒的球衣，不美，但是我等會兒將帶著它陷入球所帶來愛的氛圍中！

遠離塵囂的臺東大學，有著自己本有的生活特色，當其他的大學生在逛街血拼時，東大的學生們正熱情的在球場火拼著。這片球場是每個東大的學生最大的情感依歸，為它流汗、為它努力不懈，為它在風雨中仍舊運球、殺球，接球。這樣的革命精神，也為臺東大學帶來了無比的榮耀，一座一座從大語盃、大中盃抱回來的獎座，堆滿了整個系辦。如此的熱血也跟著家族制一代傳著一代，青出於藍，更勝於藍的景況更是每復出現。

最令東大學生津津樂道的是，每年的新生盃、六系盃，往往讓整個校園沸沸揚揚了起來，沉寂的六日就此從冰封中融化了開來。而那種為球員們盡心加油的歡呼聲，更是為球賽帶來了一波又一波的高潮，那是種令聽見的人都會盡快趨步前往的力量，我想這樣的激情應該是恆久存在於人的野性血液中不變的基因。

　　漫長的冬季到了，我呼著冰凍的雙手，還是在球場奔馳著，很快的，就忘卻了心之外的凍寒，跟著大家在場上訓練著，「話聲」（臺語）這份熱情永不退燒。如果你還要問，真的大家都到了嗎？我會微笑的告訴你，你看看那個籃框下，是不是我們那投三分球超準的校長！不然，你可以再望望隔壁的排球場，董恕明老師正跟著語教系的學生打著家族排球賽呢！

打從揚起嘴角的溫室效應──超級星光食物街

　　中華路一段是臺東最熱鬧的街，街道上商店林立，每到了夜晚更是「百家爭鳴」，活像是唐代的夜市，其人潮還不輸給墾丁大街呢！跟臺東大學的關係更是密切，學生不管是吃、喝、娛樂都得到這條街上找尋，來來往往也好幾年載。

　　民以食為天，在大學生愛用的 BBS 上頭，充斥著各種好吃店家的評語、介紹等等，學生每次開 B 版便是先搜尋美食推薦，然後再三五好友相約一同前往品鮮。而店家也衝著想為自家店打廣告，或因為我們是臺東大學的學生，態度都很親切，讓人能在舒服的感覺中盡情享用。老闆不僅常招待我們一些小吃，還愛跟我們聊天，從政治、教育一直延伸到生活，無不讓互相的傾囊相授，這些都是我在西部地區所無法體會的，地廣人稀的臺東，給人的是打從揚起嘴角的溫室效應。

　　這一天，我到食物街上想吃滷味時，突然看著店家門口貼上了頂讓，然後轉身想到別家覓食時，發現有好幾家新開的店正在推出特價優惠，於是我找了一家肉臊飯嚐嚐的口味，等待的時刻，我問了一下老闆娘為何這麼繞鬧的街頭，還是有那麼多店家在開店或頂讓？老闆娘仍然面帶微笑的跟我道來：「不是因為客源不夠，或許是在臺東吧，貨源難以穩定。但是沒辦法阿？我來到臺東這塊地方就已經喜歡上它了，有豐富的人情味、趣味，這樣人生才苦的有意義呀！」老闆娘樂天知命的精神深深的打動著我，我想這就是所謂的天下第一味。

　　臺東大學的學生會有鑒於想讓我們在消費之餘還能享受到優惠，因此發展了特約商店學聯卡，凡有跟臺東大學簽約的商店，憑藉著學聯卡便能有打折或者贈送小禮物的好處，這些都刺激了大幅的消費成長。我看著賣木瓜牛奶的阿姨對我們東大學生愛護模樣，和賣香雞排的老板對我們笑臉盈盈的問候，遠在異鄉唸書的我們，真的是覺得人間處處有溫情。

攜手共譜交響曲──藍綠交織網

　　知本校區在大家的聲浪中於 96 年 10 月開啟了厚重的門扉，進駐了來自臺灣各地區的大一新鮮人。我們一同歷經了建校最艱難的時刻，當知本校區的學弟妹面臨著沒有水的困境時，我們東大本部的學長姐合力送了一箱又一箱的礦泉水去應急；當他們忙錄了一天卻沒有水可以洗澡時，我們冒著寒風載著他們到我們的宿舍洗澡。這些都是我們攜手共譜的深刻感情交響曲。

　　偌大的知本校區依山傍海、山明水秀，山間繚繞的雲朵似乎都圍上了校區點綴，或者說他們與學生們連結成了一體，在臺東大學學生

的身上，幾乎都看到了廣闊如山的胸襟、雋永如海的學識，我們不驕矜、不自大，是因為臺東的影響吧！恬淡的生活環境、靜謐的山巒蜇伏，這些都是引響人性情、品格的地方。

只能說有大家的努力，知本校區才得以發揮其無比的魅力，那些自信的光采從學生的臉上、建築物的身上無不堅毅的散發出來，總總特質都深深吸引著我，因此很多選課也都選在知本上課，那是一種特有的氣質，等你靠近便會立刻吸引你的那種魔力，在雙校區之間，當你來回奔馳時，便能體會其中快哉！

我看著那些默默建築、服務的工人、師傅，不禁深表感謝，真的是因為有他們，才能讓學生居住在既穩固又扎實的 BOT。在大太陽中、飄著雨的季節裡或是寒冷的冬季，他們一直都在努力著。

天空呈現靛藍，地面綠意盎然，一隻蜘蛛織著網，我坐在樓梯間看著，好像，就這麼連結了很多不可思議的、不相干的、不接觸的，這塊畫布，畫的多麼真實，多麼帶有真性情！

飛舞吧！螢火蟲

每年夏季總是會有成群的螢火蟲在金針山上發亮，但是想上山太遠嗎？建議你可以到臺東大學知本校區的湖畔觀賞，尤其是在交配季節將能看到一些螢火蟲在草叢中飛舞，可能是人群太多了，以致目前螢火蟲數量還沒有很多。所以前往觀賞時，請屏氣凝神，你看，那一點一點的火光，不正是提著燈籠的火金姑在來回的跳舞嗎！

走在知本校區的道路上，一邊是山一邊是海，給了人各種寧靜的季節，只是有時地上的毛毛蟲、馬陸出來溜達時，則讓學生總是快步通過，那些被忘卻的美景還是都在，哪時你還願意再多做些停留，它能給你的絕對是想像之外的感動。在道路旁的雜草如果沒有那麼高，而變成遍地的綠油油草地，實則很像是漫步在英國大學的感覺，這是很少大學所能帶來的，所以地處偏遠還是有其一定的好處吧。

在大學裡面其實都隱藏著很多秘密，當我無意間走到某個地方時，赫然發現我竟挖掘到了隱藏在實體下的奧秘。那是在人文學院的頂樓，那裡因為沒有遮蔽物的關係，可以觀看到整個校區，包括天空和海洋，在黑夜中不禁感到一種清澈見底的感覺。從清王朝吹來的詩意，在此時蔓延。

沒想到慢慢的，也有人來了，手上帶著麥當勞、香雞排或者一杯熱飲，大家都靠著欄杆向遠處眺望，賞夜景、等日出。我們，在觀看什麼？我們，又是在企盼什麼呢！

配得祝福的真味

第二名　華語文學系／李姿瑩、呂鈺斌

學餐的真味覺醒

　　知本校區的學生餐廳二樓，緩緩飄散著石板烤肉的香氣，令人聞香即食指大動，走進餐廳，就可看見「盤石山豬農場」的老闆忙碌的身影，奔走翻動石板上滋滋作響、油香滿溢的山豬肉薄片及熬煮廣受學生歡迎的蛋蔥醬汁，在這個物價飆漲的時代，蔡老闆打出加飯加湯免費的旗幟，而且加的不僅是白飯，而是販售三十五元的醬蔥蓋飯，和熬煮多時的隨餐蘿蔔湯。

　　老闆為響應地球環保也讓學生省錢，自行攜帶碗前往用餐消費還另有折扣，自古賠錢生意沒人做，而老闆這樣幾近賠本的營利方式，真的能有利潤嗎？

↑（左一為蔡老闆、三名工讀生）

一定要讓人家吃飽

問老闆這樣有賺錢嗎？老闆敦厚的臉上扯出個大大的笑容，他說「哈！都快倒閉啦！」，細問之下，老闆說這是經營學生餐廳的必要，學生還在成長，需要大量的營養，他不希望看見學生為了省錢餓肚子而影響了健康，他說以前在求學時也接受過別人的幫助，他的母親也曾對他說過開餐廳「一定要讓人家吃飽」才行，而且有人食量大、有人食量小，把食量小的人沒吃的補到食量多的人多吃的那兒，感覺起來就平衡了。

老闆不願意因為材料需求量大，而使用便宜卻品質不佳的材料，他使用的是高級的「關山米」，問他會不會入不敷出，他笑笑的說其實畢業時所準備的十萬元創業基金已經花的差不多了，但是人要有所堅持，他也只能撐到不能撐為止。

山豬哥的農場

笑容親切的蔡老闆，被學生私下暱稱為「山豬哥」，他來學校開餐廳最主要想推廣自家的農場。

「盤石山豬農場」位於花東縱谷內，風光秀麗，農場中有自然生長的保育保育類昆蟲——黃裳鳳蝶，夏夜裡還有飛舞的螢火蟲，老闆說如果不做學生餐廳了，就是回去經營農場，而他的理想，就是未來能經營成對外開放的觀光農場。

人是配得祝福的

蔡老闆說他覺得賺錢不是最重要的，他認為人有改變世界的責任及傳承，像他以前在麵攤吃到飽，現在他能讓一些學生因他而在成長期間不餓著肚子，這些學生出社會後若能對社會大眾有所貢獻，這樣世界就會越來越好，也能將這份感恩傳承下去。

　　他也因為在經營學餐而有這個契機能夠整合各系學生，到師資缺乏的達魯瑪克部落去教導學生，在每週一、二、五晚上利用學生課餘時間去輔導部落學童，他說鐘點費不高，主要是義工性質，他願意去為世界盡一份力量，因為覺得人是配得祝福的，也希望世界更加美好。

後記

　　這已是去年的我初初來到學校的事情，那時的知本校區和現在並不一樣，無論是任何事物都在草創時期，整理的並不完善，學生餐廳也不能稱上便宜好吃，偏偏知本校區離市區又有段距離，若要每天騎車逆著寒風到市區去吃頓飯，實在有些大費周章，對學生來說油錢也是一大負擔。

　　「山豬哥」的出現實現了我們便宜好吃的夢想，但也因為他幾乎是用積蓄在維持生意，現在已經不在學生餐廳販賣了。

　　「山豬哥」堪稱是知本校區學生餐廳裡面，壽命最短的一個，卻是我心中最懷念的一個，不論是三十五元的醬蔥蓋飯、限量鹽烤鮮嫩肥美的花枝，也許最令人懷念的是蔡老闆親切的笑容吧。

95 學年度良師速寫

第一名　「東大陽光」

資訊教育學系　宗大筠

● 良師首選：華語文學學系　董恕明教授

個人簡歷：

　　東海大學中文研究所文學博士，研究專長為臺灣當代原住民文學、現代文學、文學寫作。

「東大陽光」

第一名　資訊教育學系／宗大筠

　　臺東，什麼東西沒有，最豐富的就是和煦的陽光、清新的空氣，這總會使坐在教室裡的我嘆一口氣：「這麼美好的一切，為什麼要待在冷氣轟隆轟隆的教室裡呢……？」太陽依舊輕輕的灑下溫暖的鼻息，風裡依舊有著淡淡的海水鹹味，愁眉苦臉的我，想也想不到，竟然有一天，我可以脫離沒有感情的冷氣房，在這美好中，愉快的上著課。

　　長長的頭髮，總是綁著長長的馬尾，高高的額頭，搭著一雙實在無辜的黑亮眼睛，古銅色的肌膚，穿著一身大地色。從他的口中所說出來的話，就像臺東的風，總是不定；他的眼神一掃，就像臺東的陽光，總是充滿溫度。他，就是我入學四年來最敬重的老師，臺東大學最溫暖的老師——董恕明。

　　老師是個很有趣的人，從我上他第一堂課就這麼覺得。老師上課有他自己的一套理念，他總是可以上一上預備好的課程，然後說著說著，便開始慷慨激昂起來，等到激動到了一個高潮，便自己冷靜下來，讓我們期待著下一次的高潮。老師有著一副好嗓子，我總可以遠遠的聽到老師上課的聲音，然後清楚的聽到他又在學弟妹的課程中慷慨激昂，只要這樣，我就可以讓自己的心情好了起來，因為，我總是深信，這樣的一個老師，總是做著對的堅持，然後用著他熱情的心，一天一天、一年一年的傳遞著。

　　記得自己身為小大一時，參與了系上一個暑期小朋友電腦營的活動，總是清楚學校裡各系辦哪些活動的老師見到了我，與我打了招呼後，便開始詢問我營隊的相關參與事宜。聊著聊著，老師提到

了原住民孩子是否有補助參加費用的問題，我當然也一口答應起替老師清楚詢問的使命。當我向系上學長們提出原民補助而遭到回絕的同時，我突然激動著、質疑著教職員的孩子與原住民的孩子補助的差異，那時的激動，至今，我還清晰的刻印在腦海裡。事後，我向老師回應時，我心中難過與羞愧的情緒，讓我幾乎要留下眼淚來，我知道，那是因為默默為原住民孩子努力的老師給予我的感動，讓我對於事實的殘酷而感到無奈、失落。老師對於我的感染力，也許他不會知道，但是卻讓我改變了許多。也就因為老師的這種「對的堅持」，讓我深深的崇拜著老師，並且在大學其他的日子裡，不間斷的與老師保持一定的聯繫。

　　而我的第一次「大自然教室」，也是在老師的課堂中實踐。同樣是一個舒服的天氣，老師帶著我們全班，像極了大鴨帶小鴨一般，往臺東舊站走去，品嚐著臺東舊鐵道的傳統原味。也許是心理因素，也或是許真的，那天，班上同學臉上的笑容都變得好真切、好實在。在這種令人放鬆的環境下，老師搭聊著文學上的種種、時事的想法，讓坐在舊火車站月臺上的我們，愉快的思考著、愉快的學習著。老師就是有這種魔力，總能夠不被一個個有兩扇門、幾個窗子的方框框侷限住，他總是捨得讓我們多留點汗、多說點話，這種十分珍貴的上課經驗，如果大學生活沒有體驗過，那就真的太遺憾了。

　　你有沒有在校園中看到一個穿著隨性、綁著馬尾、還會隨手撿垃圾的老師？你有沒有在辦任何活動，總是可以看到一個熟悉的身影支持的你所有活動的老師？你有沒有常常在新大樓穿堂看見一堆學生或坐或站，包圍起一個正用著丹田之力大聲激動暢言的老師？你有沒有上過一堂課，那個老師總會說著說著就偏離了主題，但是你卻從他偏離的軌道中得到更多人生道理？或許你參與過一個講著 1943 年可怕主義卻有著「白玫瑰」浪漫名字的讀書會？請相信我，那就是東大最獨一無二、最真切熱心、最實在踏實的老師──董恕明！他有多好？看看臺東美麗的藍天與完美的陽光，嗯，他就跟他們一樣好！

「珊瑚的歌、三月詩、微曦」

第二名　語文教育學系／李宜萍

「珊瑚的歌」

暖洋裡，晶瑩的回音滴水

珊瑚擅長把音符的綿長

唱得比浪潮更柔軟

撩起淺洋漩渦

斜汐、

浪痕、

藻綠與

沙

比肩熨貼而井然

我的左耳

一枚順平的扇貝

擁懷著珍盼的溫息

在淺灘靜聽珊瑚

優雅地

唱歌

「三月詩」

摘一朵抒情別在髮上

她細語輕緩

將這春季染暖成韻

如貓的腳步聲　清響於牆頭

凝息於翻開的詩集

用雙飛彩蝶的絢麗

填滿玫瑰色意境

以春梅釀出柔媚的節奏

她自清麗的巧思裡淺笑而來

飄微柔曼

「微曦」

我們，在這不斷向上躍升的時刻

輕聲呢喃著煥發氣息

眺看昨夜夢裡遠行的企望

晨光將起

柔色笑顏恆常得不見偶然

絢上珍珠白日光

夜嚳藏在尋常灰調裏

晶透明亮地

清醒

獻唱一首輕歌劇

就此微曦

「盛載了多少憧憬的船」

第三名　語文教育學系／顏敏如

　　一襲樸素的襯衫外加牛仔褲，就這樣走進了我們眼中大學的第一堂課。張開她弧度優美的嘴唇說道：「我的課你們可以不要來，但是就要去做一件自己覺得比上這一堂課更有意義的事。」我感覺到大家的心開始雀躍起來了，「孩子們，這就是你們剛進大學的第一堂課國文課，卻也是最後一次在教室裡上課」大家疑惑的表情盡寫滿了臉上，她繼續說：「我們讀的是現代國文，盡信書不如無書，所以我們要走進現代，而不是愈活愈倒退。」我開始懷疑自己的聽力是否減弱了，除了體育課外怎麼會有國文課是在戶外上的？

　　她，一個就像她的名子一般如此有個性的老師，董恕明老師。

　　當我經過了風吹日曬雨淋，我才發現自己的身體變強壯了，還有增加的更為是我的思考和應變能力。「為什麼」老師總是喜歡把這句話丟給我們，令我們滿頭霧水，開始了腦力激盪。我喜歡上她的課，她的課也是我少數心甘情願去上的課，因為老師原本就住在臺東也是原住民，就像是白浪住在沙灘，每次她上課的聲音總是自然的流露了像歌聲這樣的旋律優美，說出口的話更像是經過轟轟烈烈的戰爭般，每個情節波動著我們的心弦，震撼了未經世事的牧羊犬。

　　有一次在草皮上上課，那個時候正上映了一部轟動學生界的電影「黃金甲」，我們這一組偷偷的興高采烈的討論著，突然老師走了過來拿走我們手上的報告，淡淡的說：「你們可以走了，不要再浪費時間逼自己在這裡上課，這樣沒有更好。」頓時間雲靜止停了下來，所有都在我身邊凝結，覺得我似乎被驅逐出了這個國度裡，組員紛紛騷動，我說：「不准走，是我們不好。我們必須留下來。」但是老師似

乎更生氣了，「叫你們走你們還不走，硬要在這裡浪費時間，隨便你們。」我不能上前辯解什麼，我能做的是搶先上臺報告剛剛加緊腳步討論出來的結果，就算老師給了我們零分，我還是要把我們的報告說給大家聽。我用著眼角偷偷瞄著老師，我知道她很生氣，可是卻為我的這份勇氣讚賞著。後來她上臺做總結，「一個好的老師只能引你上路，真正讓你學到本事的是你自己，最重要的是能夠主動的學習和認真，那就一定有收穫。如果只是為了學分，那你們不用來了，我給。」之後再也沒有在她的課胡作非為了，春風化雨我在她身上感受的到，她的用心諄諄教誨就樣雨水滋養了大地，暢快了心脾。

　　如果人可以像小魚一般徜徉在藍藍的海中，可以像小鳥一樣遊蕩在白白的天空，我想她非常願意，我覺得沒有任何句子可以用來形容她，感受到老師擁有一顆萬馬奔騰卻被拘禁在這冥頑世界的心，好想帶著我們一起翱翔、天馬行空，讓我們體會到更不為人堪勒的國文世界，那些不曾被碰觸的領域是多麼的誘人繼續發掘。有一個能夠引起我們濃厚興趣的老師，比什麼都還值得，比任何浪濤更能在沙灘上留下痕跡。

　　海邊的背景，雙手舉向上，伸個懶腰，繼續享受太陽的溫暖，就像是鄭石岩所說的「聽君一席話，勝讀十年書」，這真是真理，此時不禁想擲筆一嘆，真的是當每個人迷失、迷惘、迷惑時是由老師來引導，但是有沒有辦法頓悟則是要靠自己下工夫，不可能一輩子都會有一盞燈籠能提燈指引你道路，也要打開自己心中的燈來照明，畢竟是自己的路。人生的每件事都要好好做，就當做那是自己生命中的最後一件事一樣。最困難的時後，也就是我們離成功不遠的時後，此時老師都退居幕後，靜默著看著我們的喜悅，指點迷津。

　　而恕明老師扮演的正是那夜晚中的路燈、球場上的框線，隨時的給我們當頭棒喝，使我們茅塞頓開。今日不做，明日便會後悔，要做也要做對的事，是她常說的。常常看著她寫給我們的詩，然後發著呆，感受她淵博思想的飛躍，一起和她在國文的國度裡留下些什麼。老師

的上課內容更像是我醒來的新世紀，一切是那麼的新穎，再怎麼的百思還是不解、猜不透。

　　想起來了，在她喃喃的口中，我聽到了海的聲音，好似把貝殼拿來放在耳邊聽一樣。她的教導有若魔咒般讓夏天的陽不再如此炙熱，冬天的雪不再那麼寒冰，讓瓶中信帶來的巨浪，隨著波濤再度高飛遠走，好久好久的以後，一切的一切石沉大海，而老師孩子般的笑容，和那些詩將永遠的刻在復刻板上怎麼也磨滅不了、洗滌不了。

佳作 「師恩」

幼兒教育學系 李佩寰

● 良師首選：幼兒教育學系 陳淑芳教授

個人簡歷：

　　美國馬里蘭大學課程與教學哲學博士，專長幼兒教育和師資培育，研究領域包括課程與教學、教師信念、幼兒科學、創造力及多元文化教育。

教學理念：

　　相信教學是一種生命互相感動的過程，在知識的殿堂中，教師和學生因為信任與分享，能夠幫助彼此心智不斷成長；相信學習不應侷限於課室中，在後山的教學生涯中，最開心的是能夠和學生共同走入社區，從關懷他人的行動中學習面對生命真實的課題。

閱覽心想：

　　看見佩寰這篇文章其實蠻驚訝的，因為根本不知道學生是如此敏銳地在觀察老師的作為；不過讀完這篇文章也是蠻感動的，因為驚喜在學生之中仍然可以找到知音！十多年以來的教學生涯，相信每個學生都是很有能力的，也一直對學生抱持高期望，希望因為我的相信與堅持，可以激發學生在課業和專業上達到更高的成就。但是，扮演嚴師的過程不免換來許多的抱怨，曾經讓我猶豫甚至想放棄。謝謝佩寰的文章帶給我極大的鼓勵，原來有些學生真的懂得！

「師恩」

佳作　幼兒教育學系／李佩寰

　　我該要以甚麼角度來敘寫這位，這位我認為最特別也啟發我許多的淑芳老師呢？

　　第一次遇見淑芳老師，是在 2001 年夏天的晚上。在高雄唸書的我因故休學一年，於是便回到臺東找了間幼稚園，自願當一位小小實習生。

　　記得那晚是園所一個星期一次的晚間教師進修課程，淑芳老師利用晚上的時間幫幼稚園的老師做在園輔導，幫助老師們解決平時在於教學上的問題，討論怎麼規劃教室動線，傳導新的教育理念給平時因忙於照顧幼兒而不能吸取新知的老師們。「**大學教授利用晚上來幫幼稚園老師上課！？**」這是我驚訝的一點，也感覺臺東大學的老師對於臺東地區幼兒教育的關注是如此的細膩。

　　2005 年踏進臺東大學幼教系，便遇到了這位當初讓我感覺到疑惑及驚訝的老師。這年的師資已達到飽和，擁有教師證的人並不一定能夠當上老師，多數的流浪教師也在街頭上抗議。但是對那剛進大學之門，對於未來還有許許多多的期待及改變的學生，老師也開門見山的表示關於未來的路是可以有多向度的選擇，就像《藍海策略》這本書上所提：「是可以開創一個無人所競爭的市場，但卻達到一樣的目的」。

　　淑芳老師像一個不輕易妥協的法官：對於學生自訂報告的題目，遇到瓶頸而無法繼續下去時，老師不會讓學生更換自己的題目，取而代之的是，先詢問學生的困難點所在，再針對困難點，給予實質上的幫助及解惑。

　　淑芳老師是溫柔的：畢業學姐留下的一對楓葉鼠，老師也還是接收下幫忙養育；而當那對楓葉鼠受傷時，老師還特地帶去看醫生，幫忙照顧及擦藥；另一位已經畢業的學姐，趁暑假還特地從臺北回來臺東，就是為了幫老師分擔及處理事務。

　　淑芳老師是富有童心的：研究室裡充斥著各種奇奇怪怪的，新式創意文具用品，在老師的研究室裡不會無聊，走走、摸摸、看看、玩玩，不僅瞭解現在市面上的新奇文具，也能讓緊繃的心情恢復一下。

　　淑芳老師也是辛苦的媽媽：老師得要照顧一對兒女，但是對於學生需和老師商討事情時，老師又得一方面照顧孩子，另一方面與學生討論。

　　淑芳老師也是認真的學生：關於上課的資料、或是還得要再深入探討的資訊，總是會在老師研究室裡發現，每個時期不同。曾看到一疊關於月亮及原住民傳說的書、之後便是關於昆蟲的各類書籍，還有飼育箱、一隻已經羽化的蛾（還是蝴蝶？），行銷書籍、博物館書籍等好多好多，感覺老師為了課程，為了解決我們學生所會提出的疑惑而下的功夫。

　　淑芳老師對於每位學生是公平的，老師先行瞭解學生的狀況之後，再給予適當的幫助。而上老師的課，也讓我可以感受到老師對於這群小孩子的用心，不管在教育方面或者安全方面。

　　有人說老師最重要所要給予學生的是身教及潛移默化，我想我在老師研究室裡打工的這一年，學到如何擁有更正確的工作態度、如何表達適度的關心且不造成對方的困擾、如何再更進一步的放寬視野，讓自己的心胸更為開闊。

　　「我聽了，我隨後就忘了；我看了，我便記得了；我做了，我就瞭解了；我瞭解了，我就會改變」

　　有些事情還真得要親身嘗試做過，才可以體會那箇中滋味。

　　最後想跟老師說：「要如何把已經固定僵化的腦袋瓜，重新的打開再裝入新的東西進去？」

這是我 2005 年重新踏入校園時，所擔憂的一件事情。記得第一次在東大上淑芳老師的課時，老師提到：「發現問題很重要」。

如果我對於自己以往所學的都以抱持著理所當然的態度，那對於本應該被發覺得或是還可以更深入的問題，便會流逝掉。但是要怎麼**發現問題**？要如何發問問題？這又是門很難的學問，所以得要常思考。於是，上老師的課變成一種挑戰，挑戰自己的對發現問題的敏感度，挑戰自己所問的問題是否適切。

朋友都認為這些專業知識已學過了，再學一次有甚麼意義？有甚麼樣子的不同呢？是阿！翻開書本，理論還是不變，變得是自己以往所記憶的是否有缺失及不足、變得是以前的感受及現在的感受是否有不同的火花激起、變得是還有必須得要瞭解的新知識要填塞。但心理還是呢喃：「真的只有這樣嗎？我所奉為圭臬的幼兒教育，難道都離不開書本、理論、實習、分享」。

「理論是基礎」但要如何把書本上生硬的理論概述，活用在課程中？「我該要如何體會幼兒在我所進行的方案中，能夠投入並發展出所希望的創造、自主、合作？」、「幼兒真的可以自己討論出方案所需的東西嗎？老師應該如何適時的介入，才可以達到不破壞卻又可以引導出幼兒想出並做出來呢？」

老師利用實際討論及製作實際方案的方式來引導我們。這些以往是我從書本上看到屬於「幼兒」的角色，現在是我們在扮演。於是我瞭解了討論時所會發生的困境是甚麼、製作方案時，要怎麼樣才可以引導小朋友討論出有趣又有意義的東西？小組製作時，會遇到的困難有哪些？小組分享時的那種快樂，也讓我體會到幼兒驕傲的敘說自己的作品時的心情。

韓愈說：「師者，所以傳道、授業、解惑也。」我想再加上一個：「興趣的提領」（請原諒我的自大　☺。）

佳作 「娘娘」駕到

社會科學教育學系 吳惠蓉

● 良師首選：區域政策與發展研究所 靳菱菱教授

個人簡歷：

國立中山大學中山研究所博士，曾任臺東大學社會科教育學系副教授，臺東大學社會科教育學系系主任。研究專長為：政治學、政黨政治。

「娘娘」駕到

佳作　社會科學教育學系／吳惠蓉

　　行政大樓的電梯門前，同學們個個神情愉悅、一派輕鬆地邊互相寒暄邊等電梯，只見一人腳步雖然輕快，但仍然掩不去與其他人不同的負擔，肩上背著一個看似沉重包包，手裡還抱著幾疊資料，大家是連打招呼都來不及就先搶著問：「哇，你上誰的課啊？這麼多資料！」

　　「嗨，我等一下是娘娘的課啦。」非常自然的語氣。

　　「哦，原來是娘娘的課喔，難怪這麼多書，她的課一定很累對不對？」

　　「呵呵……」這是如人飲水，冷暖自知的問題，也只能傻笑帶過了。

　　不過，這位「娘娘」到底是誰，難道東大還有開皇家課程嗎？居然有「娘娘」來開班授課，到底是上些什麼內容，居然要準備如此多的資料？還被評論一定是很累的課！這般特殊情形，確實有必要發揮真相追追追的不懈精神來解答一番了。

　　「娘娘」，其實就是東大區域政策與發展研究所的靳菱菱老師，以前她在社教系擔任老師時，由於名字的諧音十分像「娘娘」，而其上課風格和個性也相當豪爽、大方，正適合如此氣派的頭銜，從此這個外號可說是聞名千里之遠、牢記學生心中啊。

　　提及靳老師的上課風格，很多人的第一聯想就是老師的口頭禪「同學，三千字報告下禮拜交喔。」當我還是大一新生時，我也曾被這句話嚇得快胃抽筋，至今，身為政治組一員的大四生，這句對學生而言如同判死刑的臺詞卻極少惡夢成真，相反的，它是一句督促學生自動自發地將上課資料認真預習的魔法。靳老師上課時，喜歡和學生

以問答方式互動，課前學生需要準備課程內容的相關資料，老師的問題絕不是 1＋1＝2 的填充題，因為政治學其實是門抽象的藝術，難有正確或單一的答案，所以學生必須具備思考再思考的能力，先讀過資料，再從老師帶著幽默的口吻不斷地質疑下思考著何謂事實，破除每個人對事物的刻板印象，從老師永遠不嫌多的「為什麼」中，我逐漸驚訝世界的可能性是無限的，在每一堂的「腦筋急轉彎」課中，培養出我習慣地會以了解、質疑、解惑、再質疑的思考模式來解決困惑。

能勝任政治學並且專長是政黨政治的女學者，必然是拘謹嚴肅、枯燥無味的老學究吧，如同靳老師喜歡顛覆的上課風格，講臺上的靳老師確實學富五車、滔滔不絕，但她卻能將死沉沉的政治理論夾雜著時事與軼聞以風趣生動的白話文讓我們清楚又輕易地了解艱澀複雜的各家學派，或許，潛移默化之中，哪天我也能將化繁為簡、化難為易的教學技巧運用於我的教學之中囉。

靳老師期許每個上她課的學生，都能踴躍發言，即使問倒她也沒關係，因此，在她的課堂上，我不會擔心立場與老師對立而不敢表示意見，或想法太愚昧而退縮，老師自然是盡力回答且以簡潔的條理加強我們的概念，這激發了我會往不同的層面探索新的知識及智慧。但令人意外的是，眼前這位思考敏捷還有著爽朗笑聲的女性，曾經也是位害羞內向的女大學生，這樣的性格轉變使人感到好奇，更佩服她今日有著令人讚嘆的敏銳觀察力和流利的表達能力，還能不時以自己為例鼓勵羞怯少言的同學呢！

大學四年裡，我也修過其他老師的課，每位老師也有我值得學習的優點，但是，當我大一通識選修了我人生中的第一堂靳菱菱老師的課時，彷彿已經註定我往後我與政治組為伍的命運，靳老師的上課風格和個人特色雖然是吸引我喜歡修她的課的因素，更重要的是，我知道上老師的課就好比向自己的能力挑戰。

上大學之前，幾乎沒有哪一個學科是需要不斷地腦力激盪才會明白領悟的，讀課文就像讀故事書一樣，照本宣科地表現就可以獲得好

成績，相信很多人的學習過程都不脫此模式吧！然而，面對一堂課，卻必須消化可能要讀一個學期的資料，還要跟得上老師的上課節奏，一開始，壓力和緊張是不可避免的，想要趕快擺脫窘境，我便開始思考，如何快速地閱讀老師所給的龐雜資料？如何在從未接觸且難以理解的學識中建立基礎概念？如何面對老師似是而非地要求驗證答案時，能立即釐清錯誤觀念，得到最核心的那句話？如何連結資料和老師分析來解除自己的疑惑？甚至是，將看似曲高和寡的理論以其內涵精神或價值觀應用在現實世界裡，全是我對自己的要求，因此每一堂課結束後，雖會感到精神疲累，又會因為自己有進步而開心不已，每結束一學期的課程，都會發現自己有所成長喔！

有幸能成為靳老師的學生，然而，古人有言：「師父領進門，修行在個人。」的確，四年來老師的薰陶之下，我在學習的角色，變得更積極吸收多元知識，並勇於思考及表達我的意見，同時也拓展我的見識，明白教學的意義不僅止於接受，還必須有回饋才能達到最佳的學習效果；在個人的角色，我體會到挑戰自我極限的充實感，實際執行後，才了解自己還有潛能待開發的，往後我也會持續相同的理念，期待成為一位主導自己人生的編劇家。

佳作　「文學？文學！」

英美語文學系　張耀展

● 良師首選：英美語文學系　鄧鴻樹教授

個人簡歷：

　　鄧鴻樹，臺灣臺東人，倫敦大學英文系博士，臺東大學英美系助理教授，講授英國文學等課，譯有《黑暗之心》（臺北：聯經，2006 年）。

教學理念：

　　學習是一種態度、一種體認，更是一輩子的過程。學習的動機在於疑惑，「解惑」乃教學的頭號敵人：課堂上不能急於教授標準答案，而是要引領學生如何思考心中的疑惑。

閱覽心想：

　　在繁重的課業壓力下，我們的學生從小認為文學是門艱難的「學科」，詩歌成為令人頭痛的背誦教材，小說永遠是「課外讀物」。上課最大的挑戰就是如何讓學生體認文學即人生、人生即文學的緊密關聯，希望每屆都有愈來愈多同學分享耀展的迴響。

「文學？文學！」

佳作　英美語文學系／張耀展

「你們幹嘛來上課？」

教文學的鄧老師，開學第一天、第一句話，就讓全班錯愕。

沒人回答，沒人知道這位年輕教授葫蘆裡賣什麼藥，他接著說：「外頭天氣那麼好，艷陽高照，你們看；大好青春，何必浪費在這裡讀文學？」一邊說著、一邊長吁短嘆，表情生動，若非一年四季不變的正式西裝，只看那滑稽表情，足可當個喜劇演員：「快去談戀愛，然後趕快失戀。」

全班一致認為，這個老師不太正經，甚至不太正常，留著俗氣的旁分頭、永遠筆挺的西裝，說起話來卻莫名其妙。還是沒人搭理他。

於是開始上課，誠如他所說，無聊的文學，每篇作品都有數不完的寓意和意象，對我們來說，書本好像充滿奇怪符號和密碼，若能解開密碼，作者的智慧就像無門的寶庫，任人索取。但我們總看不懂這些「美妙」詩句、小說。

然而，鄧老師卻只要我們自己思考、理解，彷彿每個答案都可以是正確答案，當他偶爾透漏一點「玄機」，我們在心裡咀嚼、比對課文，總會大驚：「原來如此！原來該這麼解釋！」

只是，到下一篇文章，我們再次受挫，再一次，每篇文章都有無數解讀，但老師的解讀總比我們更加深刻、有理。

漸漸地，鄧老師的形象在我們心中，從原先瘋瘋癲癲的怪人，變成一位說話雖然胡鬧，但知識淵博的教授。

大三，文學依然是座找不到入口的寶庫，此時，我們讀到拜倫。他曾經縱情聲色、日擲千金，二十來歲便對自己的過往懺悔，又曾經

參加希臘獨立戰爭，為一古老文明國的自由而戰，最後死於戰場，享年僅三十多歲。但他的詩，卻內容豐富，世人多半庸碌一生，即使活到古稀也未必有他的一半精彩。

只有如此精彩地活過，才能寫出流傳至今的偉大詩句！

讀著拜倫，看他的人生、作品，忽然明白，原來以前課堂上讀過那麼多詩集、小說，卻不了解，原因不是在知識多寡，只在閱歷多少。

小時候看書，遇到不懂，父母常說：「長大後就會懂了。」「長大」不單指體型改變，也指心靈的提昇。

回想大一，原來老師當初叫我們去愛，並非說笑，反倒是要我們去經歷、去恨、去快樂、去痛苦，文學書寫人生，未嘗經歷過人生悲喜，又如何讀文學？

當初莫名其妙的話，原來充滿智慧，老師在我心中，又不只是個詼諧的教授，竟一下子成了巨人，成了清楚人生道理的偉大哲學家。他若看到我這樣比喻，大概又要長吁短嘆一番，還要接著說：「快去戀愛，然後失戀！」

佳作 「甜・愛——洪蓁蓁老師」

音樂教育學系 盧仁惠

● 良師首選：音樂教育學系 洪蓁蓁教授

個人簡歷：

一、學歷：

- CI（Christian International）靈恩研究所　肄業中
- 美國伊利諾大學音樂教育研究所碩士
- 國立臺灣師範大學音樂系學士

二、經歷：

- 高雄錫安堂後站教會義工
- 國立臺東大學音樂系講師
- 高雄市立大仁國民中學音樂專任教師

教學理念：

我認為：教育的主體是人（教育的主體不在教育制度、不在教材教法、不在教學表現等）。

我認為每個人都是一個獨一無二、深具潛能、賦有獨特資質才華、洋溢著創意與想像力、亦富有活潑生命動力的個體。

在教育的過程中，教師運用個人的愛心與智慧、並藉著善用各科目（學門）合適的教材與教法，一方面幫住學生具備該專業科目（學門）的知識學問，並另一方面激發學生的創意與想像力，使學生的潛能不斷地被開發成長，培養學生成為一個具備專業素養、能尊重人並能守法守紀的國民。

人人都需要愛（愛是人人生命中充分必要的素質），我期待在自己的教學過程中，所有的人際關係（包括教師、學生、學生家長、教育行政人員等彼此之間）都能以愛為基礎（此愛的定義）：「愛是恆久忍耐又有恩慈，愛是不嫉妒，愛是不自誇，不張狂，不做害羞的事，不求自己的益處，不輕易發怒，不計算人的惡，不喜歡不義，只喜歡真理。凡事包容、凡事相信、凡事盼望、凡事忍耐、愛是永不止息」（聖經哥林多前書十三章 4-8 節）。我認為教育愛應以此為圭臬。教師唯有以這樣的愛做為自己面對學生教學時的基本態度，才能真正變化學生的氣質，使學生的生命產生積極正面的學習果效。我確信當我靠著上帝的愛，我能在這樣的教育大道上邁進，並能達到我所理想的教學目標。

「甜‧愛──洪蓁蓁老師」

佳作　音樂教育學系／盧仁惠

　　在這帶有微風涼意的春夏夜晚，我獨自佇立房間窗邊，看著一疊疊我剛整理好的上學期上課筆記，翻著翻著當我看到一張一張用釘書機釘起來看似毫不起眼的筆記時，讓我想起一位曾經影響我最深讓我刻骨銘心的人，她曾經是我們臺東大學音樂教育學系的專任教師──洪蓁蓁老師。

　　記得上學期剛開學的第一天，由洪老師指導的「音樂教學研究課程」，第一堂課早晨八點，當我一踏進我們學校音樂系館四樓教室時，眼見安靜的教室裡耳邊傳來悠揚的旋律，老師似乎藉此好讓我們收回意猶未盡的假期玩樂心情，而這舒服的空間和美妙的音樂也讓我們沉澱即將上課的心靈和思緒，接著有別於其他老師洪老師與眾不同的是，第一堂課當她向我們講解這學期課程大綱內容後，讓我們全班大家圍坐在地板上成一圈教導我們唱〈我們都是一家人〉、〈愛的真諦〉這兩首歌，老師不僅透過歌詞講解傳達這兩首歌的真義，也加上動作讓我們彼此有更深的認識和互動，如此這樣特別的課程開場白讓我感覺這是第一次在學校上課最溫馨且不拘僅的一次呢！

　　接下來的每一堂課課程，老師不僅教導我們認識並解說柯大宜「音樂教育理念」的內容和其「教學方法」，其中包含了很多如節奏音節部分、律動、規律拍、唱名手號、肢動方面的演練，進而主要讓我們明白和學會柯大宜教學法裡的「示範教學」，老師透過分組，一組一組各用不同的歌曲讓我們每個人互相探討和演練，呈現在大家面前，且讓各組互相觀摩和學習，在這每一次每一次演練當中都讓我學習到很多，我相信這是作為我們以後教學一項很重要的基礎和經驗的

累積，且另一方面老師細心的透過各組不同曲子的呈現和肢動，不僅讓我們只單單學到自己組的歌曲，也了解更多其他歌曲的呈現方式，這樣的教學讓我們在學識上獲得很實際的訓練。

除此之外，老師不僅在知識上帶給我們很大的收穫，同時在生活上包括待人處事、人際關係、人格價值觀上的心靈修養，都給了我們很多的靈命食糧，在每一次的課程內容當中，老師除了傳授專業知識外，幾乎每堂課都會發一兩則具有意義和價值的剪報文章，教唱我們認識一些動聽且深具意義的歌曲，如剪報方面「人活著不光是為賺錢」、「善用今天」、「給孩子活潑自由的童年」文章等，這些都給了我很大的啟發和感觸，透過這一篇篇文字訊息的傳遞讓我了解到，世上確實有很多東西並不是用金錢就能買得到的，失去了不見得能再次擁有，時間更是一去不回，浪費每一秒鐘等於浪費每一秒的生命啊！而歌曲部分，其中「請問時間」、「愛的真諦」，不但旋律好聽，其中歌詞更讓我明白，時間飛逝，把握當下每一刻才是最實在的，而真愛是需要極大的包容、耐心、愛心等合成的，透過老師每一次的播放歌曲、剪報文章和教導，更讓我看清楚平常自己所看不到或不自知的缺點。

真的很榮幸自己可以在這求學階段大學裡，認識這樣的一位好老師，她讓我覺得我不只在【音樂教學研究】這門課程領域裡學到很多，更讓我在待人處事跟一些人生觀、價值觀上有了很大的領悟，甚至改變了原本本身自己的一些想法；洪老師是位虔誠的基督徒，也常常在我們每一次的課後心得報告上引用一些聖經裡的經句來與我們共勉勵、安慰我們的不如意，也許是信仰相同，在這學期學習過程之中，老師很多的論點或是播音樂、發剪報所傳遞給我們的訊息，都讓我有感而發深受感動，同時不僅如此，在這整整一個學期以來，我發覺我在洪老師身上看到一個非常吸引人的，她的魅力和特點，那就是洪老師特別有愛心、包容心和耐心，之所以如此說，是因為一開始常常有許多同學因為早上起不來而上課遲到，不過後來大家因為被老師一次

次的包容所感動，所以也不再見有同學上課遲到的情形發生；在情緒管理上老師在跟我們每個人的互動對談當中非常溫馴，從跟她對話之中，可以發覺體會出他真的是一位充滿著愛的老師，一字一句間都充滿了由內心散發出來的愛和包容，她總是把我們每個人當成她自己的小孩一樣對待和關愛，耐心的傾聽每位同學的聲音，開導我們觀念上某部分或許還懵懵懂懂的地方，包容每個人的缺點，她真是個心胸非常寬大的好老師，我想或許我看見了這些從她信仰之中所散發出來的光芒吧！真的非常感激洪老師這學期帶給我這麼多的收穫，老師曾說「**音樂它是人格培養的必需品**」，沒有了音樂，生命就不會完整，我會惦記著這句話，把我所學的和老師給的生命靈糧融合，讓自己人格生命完整，將老師所給我們的愛傳遞給身邊週遭的每一個人，真的很幸運因為學校的安排讓我認識了這位好老師，我們在她身上學到了愛、包容、仁慈、耐心等很多很多……因為有她的教導讓我在這學習過程中備感窩心，因為有她的帶領讓我的生命更加豐富，這一次次的感動真的不是三言兩語能說盡的，雖然老師這學期已經退休了，不過我會永遠記得在我生命當中曾經出現過這麼一位好的好老師；另外我發覺洪老師不只教學優、人親切、個性好；此外，還有一向特別的天賦，洪老師的聲音嗓門非常非常好，唱歌悅耳動聽，聲音宏亮，唱詞很清晰，我想下次若有機會在見到她，我應該跟老師建議，退休後可以考慮出唱片喔！

96 學年度良師速寫

第一名　「神者‧吾師」

語文教育學系　林郁茗

● 良師首選：語文教育研究所　周慶華教授

個人簡歷：

　　中國文化大學中國文學博士，研究專長為：文學理論、語言文化學、宗教學、兒童文學、臺灣文學。出版有詩集《蕪情》、《七行詩》、《新福爾摩沙組詩》等八本，和散文小說合集《追夜》，以及學術著作《臺灣當代文學理論》、《佛學新視野》、《故事學》、《文學詮釋學》等三十三本。

「神者・吾師」

第一名　語文教育學系／林郁茗

　　一隻粉筆，握起多少相思，滿載思緒的白髮，勾動出多少歲月的心酸。當那瘦弱的背影，遊走在講臺上，書寫出一段段過去的經驗與知識，瀟灑地在諾大的板上，舞出他得意的色彩時，那般仙風道骨的模樣，總讓我望到出神。佩服著他藏匿於腦中的智慧，並沒有因為年歲的增長而略顯生疏，依然盡其在我，準確而快速地刻畫著。每當作品完成之際，鐘聲剛好響起，當大家坐定位時，看到眼前景象的驚嘆聲，可以想見，當初他中年時期，縱橫在小學間的風光模樣。

　　他靜靜地走向前，看著我們不似一般老師對學生的嚴肅或自然，卻有一種對著眾人演講般的高雅姿態。總是面帶微笑，站定在原地上，開始滔滔論述課程相關的知識跟理念；偶而將頭轉個邊，顧及到全體都能將眼光集中，避免有分心的情況發生，倒也轉出了別具特色的形象來。他的表情變化不多，始終維持著一貫的笑容，沐浴在一種很舒適的聽課狀態；沒有過於熱情的朝陽烈日，讓人窮於應付，也沒有突如其來的閃電風暴，嚇得大家萌生退課之意。

　　課堂上，他一定先對所學的觀念跟定義講解清楚。強調若無清晰的思維脈絡，是很難將其吸收跟運用。為了測驗同學是否理解，他總會在下課前進行小組討論，上課後再輪流上臺發表。他不只聆聽每位同學發表，手上的筆也不停地在紙上走動，儼然是一位旁聽者，專注於學生每一句發表的看法和感言。當我在報告時，他宛如一位慈父關愛的眼神，總是洋溢著信心與期待，投射在身上的眼波，像河水般潤澤了我報告時的僵硬軀殼，流過周圍的緊張跟膽怯，換來我一次次熟稔的經驗。每當下臺時，回到坐立難安的位置上，害怕剛剛報告是否

顯露了謬誤或窘境，而那抹微笑，輕易地卸除了我的顧慮；看著他對每一位學生報告完的讚許及肯定，儘管每次上課都得發表，同學互動依然踴躍，也訓練了我一夫當關仍就無所畏懼的信心，這樣的改變，也給了我學習上極大的震撼。

　　起初，在聽聞多位系上教師的風評時，他總被樹立在「神人」的地位；一來，是由於他樸素的打扮，很難想像教師衣衫筆挺的形象，在他身上卻尋不得任何蛛絲馬跡，再配上他的雪白煩惱絲，好似隱居於深山的高人映入眼簾。二來，他的思考邏輯，如螢火閃爍於夜幕之中，那般幽暗而撲朔迷離，使人經常摸不著頭緒。擅於將文學用各種形式包裝，是他最令人稱道的地方；談到文學的領域時，一般教授總會將其格調跟素質提高，以襯托那類文學領域的博大精深，他卻喜愛將其世俗化，把一些言情跟血腥的論點，帶到文學的領域去批判和解釋，觸及的深度也只是點到為止。如此，不但使我們多了一些思索的面向，也讓人在閱讀乏味的語句時，能夠會心一笑地融入他的見解，將新舊交替的脈絡予以貫通。超脫眾人既定的觀點，以自身領悟的學問去架構出一套全新的思維藝術，而以「神」的境界來形容他獨到的美學，最能夠將他不凡之處，巧妙地呈現出來。

　　他喜愛雲遊四方，但腳步始終離不開熟悉。經常看到他在學校附近的餐館出沒，或是望向海濱公園的浪潮，在那裡等候靈感到來，為他豐富的著述，再添上一筆新的色彩。閒雲野鶴般的行蹤，總讓學生有著巧遇的驚喜，他也很親切的微笑問候，不因他一貫的沉默造成學生對他的疏遠。他將研究當成他生命的一部分，經常閉關於研究室裡，幾次到訪參觀，那琳瑯滿目的書籍，包羅萬象的領域跟議題，讓我不覺眼花撩亂於此座藏經閣中。放眼所及，當我看見一排陳列著，他從過去到現在的著作時，除了好生敬佩以外，餘光也會瞄到他自信的笑容，以及他傲視群雄的神采。坐了下來，聊著天南地北的生活話題，不似其他師長的急切答覆，他總是在滔滔不絕的言語中，輕微地點了幾下頭，聆聽孩子般地悠閒自然；一長串的問題，總被他的兩三

句順服，一整天的苦水，他神色自若地聽我灑完，如同一縷煙霧將我環抱，將我怨懟的溼氣全數蒸散。第一次遇見一位老師，感覺不到長輩的壓力，反而多了一層朋友的溫暖。

現在，仔細聆聽！是否聽到教學大樓的第四層，某間教室的講課聲，喚起一位藏匿於底心的人物？我們依循著旋律，來到教室旁，是否有看到裡面有個熟悉的身影，正在專心講述課程的內容？別著急，打擾只會壞了必須遵守的秩序。我們應該懷著邂逅的心情，在等紅綠燈的偶然停格時，看到一位滿佈白髮，騎著腳踏車的尊者經過。當你發現時，接著大喊：「周慶華老師」後，你便會看到那位眼鏡底下，藏著知識與關愛眼眸的傳奇人物，對你點頭致意。

第二名　「東大復興火車頭──洪文珍」

語文教育學系　顏敏如

● 良師首選：語文教育研究所　洪文珍教授

個人簡歷：

　　東海大學中國文學研究所碩士，研究專長為：寫字、寫字教學、閱讀教學、少年小說、語文科教材教法。

「東大復興火車頭──洪文珍」

第二名　語文教育學系／顏敏如

　　他，不只是上課，也是上態度、上人生。這就是大學，大學裡的老師，老師中的良師。在臺東這塊好山好水好生寂寞的地方，風平浪靜了許久，就在我想，再來的兩年應該也都會如此靜謐下去的時候，終於遇到了一個能掀起滔天巨浪、移動世界的老師。本該如此，大學已不再是苦唸書的時候，而是一個學做人的道理，培養僕人領袖的特質，對社會文化有創造改變能力的大學生。

　　一個白髮蒼蒼，身穿格子襯衫，肩背一個長方形素色背包，裡面裝的是所有上課的法寶，無論我們需要什麼老師皆能從背包裡拿出資料，活像 24 世紀的百寶袋，最有趣是他腳底的那雙功夫鞋，告訴我們這將是一個很具特色，很有個性的老師。就這樣，他走在路上，看似平凡無奇卻總是能兩袖生風似的引起旁人的注意。最後他走進了我們班，一開始就定規矩，上課不能吃東西、上課期間禁止隨意走動、上課不要講話……，這樣的開場白吸引了我們的注意，因為聽到這些話的時間已是好久之前的事了，自從上了大學，因為自由學風過盛，學生不給管教老師也只好隨意，上課秩序毫無紀律，但是他不一樣，他說：「從這堂課走出去的學生，必定要帶走很多東西，那些東西不只是學問，還是態度。我是洪文珍老師。」

　　他上課的內容輕而一舉的讓睡覺的學生自願醒過來聽課，他的口吻讓我們從亙古不變的道理中聽到了新的解析、注釋，改變了書本僵硬的字句，讓情景躍然於教室之中，我沒有上過那麼一堂活潑有趣的課，彷彿錦鱗戲水於身旁，感受到老師的學庫是海洋。他常會問我們懂不懂，在焦急的眼神中，透漏的關愛是寒流來襲的地板

被放上暖爐，讓心裡直直地感受到老師的用心。老師上得開心，學生也感到有興趣。我發現他在上課時，表情一直都是展露著興奮的，讓我們也跟著他一同享受快樂，好像四周的牆壁、教室的黑板、課桌椅，都消逸無蹤，而我們跟老師一起在綠色森林的大地裡，找尋知識的奧秘與神奇。

大學的每堂課幾乎都是要分組，他的課也不例外，但是老師卻有更有效益更加促進學習的方法，就是每組報告之餘，其他組必須進行批判與質詢，這無不讓我們感到新奇及有趣，而這時老師的角色更為鮮明了，有時扮演聲色嚴厲的聽者，時而反串冷靜沉穩的報告組，逸趣橫生，不僅讓報告的人改善錯誤的地方，也讓臺下聽的似懂非懂的人能清楚宗旨。每從他身上學到一些東西，都讓我回味無窮。

老師最讓我們感動的地方是，他利用晚上下班的時間，自己不休息跟每個報告組討論報告，真是不禁讓我擲筆一嘆，如果他的堅持、他的理想，能被所有的師者所效法，那我想不只只有臺東大學，臺灣所有的大學都能更進步更興盛，學生也能精益求精，讓我們走出草莓族的封號。

我記得有一個夜晚，我們跟老師討論到很晚的時候，那天他跟我們講了很多事，我們才知道老師為了授業，每週都要繞臺灣一圈，家人不在身邊，一個人在這裡工作著，那種思親不着的情緒，是我們這些也離鄉背景的學子所能感受的。這是何等辛苦的事，我們佩服老師的毅力，讚賞老師的夢想。從老師訴說的眼神中，我們看到了老師的理念與人生哲學，那是無可被遺忘抹滅的思想。他頭頂的白髮顯示年華的逝去，滄桑的增添，卻也無不是在說他智慧的歷練，深度的迭起。

洪文珍老師的臉上總是掛著極深的笑靨，那笑容所灌溉的花草無不豐美茁壯，但是想珍藏他的笑容，是一件多麼困難的事，因為他只肯給徜徉過他的學問，並且自己也製造出一片深海的人所擁有，那不是難以親近而是一種鼓勵，尤然記起有一次因為面臨多份的報告所

逼，對於老師所指派的兒童小說創作，只是敷衍了事，卻沒想到老師發報告時對我說：「報告我給你 80 分，你卻給了老師 20 分，看來我要檢討了」，那時的羞愧讓我難以自容，那天起我開始著手描繪下次還要再交的創作二，無時無刻的把握靈感，畫下創作的畫面。兩個月後，成果發表，果然奪得全班喝采，還得以上臺分享，從老師手中接過來的作品，我看到了我一輩子都無法忘懷的笑容，他笑著對我說：「看來妳是懂得技巧了，我的檢討想必也成功了。……」那幾分鐘的話語與面容都已深深的刻在人生的復刻板上。

　　一臺鋼琴之所以能撼動人心，是音樂感人至深，身為白鍵的學生總是鑲著變換成老師的黑鍵彼此相互搭配，方能奏出美妙音旋。懂與不懂被深埋在文字山上，一字一字的挖掘出現，片瓦隻字成就古文金文，太投入，真的是遇到他就知道。膾炙人口的是他像風般的學識，漂洋過海收集了中外古今的風聞逸事，昭然若揭的是他想成就莘莘學子的巨人抱負，如果你開始想見到他了……。就在四又九分之二月臺，他是東大復興號的火車頭，是鑑往知來的特快車，帶領我們飛向幻想世界的城堡，那裡沒有分類帽，有的是一個教我們魔法的洪文珍教授，創作出風靡社會的 magic。

第三名　「良師速寫」

資訊管理所　林華彥

● 良師首選：資訊管理學系　謝明哲教授

良師簡歷：

　　成功大學電機博士，研究專長為：人因與智慧型資訊系統。

教學理念：

　　樂活永續。

　　自我成長、關懷別人，並致力於追求內在的自由平等，以臻於達理達觀之樂活境界。

　　能夠關心環境議題、寓樂開懷於山水，並身體力行對健康、對環境生態永續發展有益的行動。

「良師速寫」

第三名　資訊管理學系碩士班／林華彥

俊逸颯朗的丰采，肅斂優灑的神情，椿步一站，便破曉了清曳的晨。隨朝昇初陽映上臉旁的神韻，正含和吐納著大地的靈氣，在萬化合鳴之下舒筋展骨，舞動智慧與強健的身軀，融合了熟穩的汗水，名為自在的太極運行了一天的開始，何人如此有魅力吸引我目光？這一便是文武雙全的謝明哲老師。

從大一入學時，認識謝老師，他便是一位極有魅力的人了，面容斯文端正，帶著一副更襯托出氣質的銀框眼鏡，頭髮梳抹地乾淨清爽，雖已年逾不惑，但縝密的黑髮卻將他映得年輕，未見有中年人的姿態，能讀出謝老師年齡的，應該就是他煥發在臉上的那股智慧的英氣了。謝老師大概一百七十幾上下，身形看似瘦弱而結實，走路的方式抬頭挺胸，步伐不疾不徐恰到好處，和他一起並排走路不會有壓力。謝老師的走路方式是雙足中點延著一條直線前進，配合著與肩半寬的步伐，配合練著太極出來的剛健步伐，顯得優雅有力而圓融，就像是他的處事態度一樣。謝老師的臉上習慣性掛著一抹微笑，配合如夕日般的紅暈臉色，讓人感覺徜徉春日和風清徐的溫柔，似乎有任何事，在這笑容之中都能被化解似的，就像是大愛的師兄師姐們那種慈祥感覺。

謝老師談吐的方式含蓄有禮，溫雅渾厚的嗓音與適中的音量，讓學生在面對他說話時，不覺得聲音大的有壓迫性，亦不會聲若蚊鳴幾不可聞，就像是沖洗溫水般的合宜舒服。覺得被尊重的是謝老師會在你講話時，黑亮的雙眸總會凝視你的眼神，並在你傾吐到一段落時頷首說：「嗯！」、「我知道了。」、「然後呢？」一些會讓你覺得有被傾

聽，想繼續說話的感覺。而在了解完你的困惑之後，也能給予適當的建議，通常謝老師給的建議不會太極端或明朗化，那可能只是幫出你導引出這個問題的方向，事實上待解決的還是自己本身的抉擇，也就因為如此，事情的成敗最後都能由自己坦然接受。

在待人處事上，謝老師是由我們學生一致覺得最富含 EQ 的老師，處理同學的紛爭上，他可以很有耐心的將事情的始末聽完，並在問題癥結處做出判斷，進而讓事情的盤根錯節有一個出口，不讓同學在無垠的錯誤迴圈中飄盪。在自己的人際關係處理中，謝老師也處理得相當圓滿，理直氣和與人為善，在謝老師一貫優雅溫柔的笑容背後，鮮少有聽聞與他人的糾葛，心性的無為空明讓他在學校仍是怡然自得。

謝老師的專長是：「人因與資訊輔助科技、資訊系統使用者介面、物件導向技術。」我第一次給謝老師上課是在大一剛進來時，那時有一堂課是 PC 電腦組裝，謝老師在講臺上做示範，並利用投影片做出詳細的介紹，讓我們這些剛踏入電腦這塊深奧領域的雛鳥，能夠慢慢展翅摸索，縱使有不甚明白之處，謝老師的親自拆裝，與同學間彼此互動的交流，皆讓我慢慢摸索出了興趣，並知道了理論與實際結合的重要性。

大一下學期，師生互動密集，更加熟稔時，謝老師在班級上和我們分享他的日常生活。謝老師每日清晨四五點便起來了，然後到附近的國小站樁，站樁到全身出汗的時候，便開始打拳，他所修習的拳路名為「自在太極拳」，已經有七到八年之久了。謝老師很樂意和我們分享這套拳路的奧妙，於是便在每週三清晨六點，在男宿門前的草地上教我們最基本的站樁。站樁可以讓身體的廢物代謝掉，它會將身體累積的廢物在站的過程中隨汗緩緩蒸發，在站樁初始時很可能會隨著身體的代謝而大病一場，那是排毒的必經過程。但經過這循環後，身體會將所有廢物排除，並慢慢增強體力抵抗力及精神力等正面能量，將身體調節的更健康。分享著謝老師過來人的經驗，並隨他一起站樁

是很有意思的一件事，但是要抓穩那姿勢以及久站卻不是那麼容易的事。謝老師說站樁的口訣是：「虛靈頂頸、涵胸拔背、沉肩墜肘、鬆腰坐胯。」在站樁的過程中，可以冥想很多事情，或是將精神完全摒棄，沈浸在身體單純的調和之間，謝老師之所以那麼修養有方，或許就像曾任臺大校長的傅斯年先生說過的一樣：「一天只有二十一小時，剩下三小時是用來沉思的。」教導過我的老師，在私底下也都對他的人格品格及作事態度讚譽有加，同儕之間更是如此。

謝老師上課很會問同學有沒有問題，但那並非是敷衍式的問候或希望課程趕快結束，而是希望我們能了解課本上的精神與含意，每每在問這問題時，常有人低頭不語，怕說有問題會耽誤同學時間或被同學訕笑，這是謝老師和藹的目光一掃，往往就能看出一些同學眼中的迷惑與雖不敢問但欲求知的心情，並再把難解之處重說一遍，讓同學們能夠迷思中重回學問的導航，這亦是一個教師，所扮演的重要引水人角色了。若非有如此的耐心灌溉，我們的知識和態度便無法更加的陶冶起來，而能飲水思源著老師對我們的付出。

很多老師都是在我們畢業了，出社會工作以後，才會想到他的好，並了解當初為何老師會用這種方式磨練我們，那時才會了解他的用意與教導給我們的東西。所以一個老師，讓你在校內時就能感受到他的溫暖，並能由衷感謝的話，想必是有過人之處，並讓人對他心悅誠服了。在我眼裡的謝老師，確實是一名如此文武雙全的人，動靜皆宜，並有良好涵養與處事態度與眾人皆和、斯文有禮的形象亦是表徵，學識的豐富與親和力都能由談吐間體察。一日為師，終生為父，身為謝老師麾下的子弟兵，未來在出了社會，我會將最重要的態度應用在人生哲學上的。

第三名 「他讓詩詞盛開成花」

語文教育學系 李宜萍

● 良師首選：華語文學系 王萬象教授

個人簡歷：

美國亞利桑那大學東亞研究所博士，研究專長為：中國古典詩、西洋文學理論、中英翻譯〔英文寫作〕、美華文學、婦女文學、文學批評。

教學理念：

不可或缺的孤獨之旅

中國古代經典的閱讀攸關至極，而人文典籍蘊涵著我們全面性經驗的結晶，就中包含聖哲先賢對大千世界的思考挖掘，果能沈浸於醲郁的文學經典，日夕浸潤其間吟詠諷誦之，則我們的心靈情性和道德修養都將有所轉化。韓愈於〈進學解〉嘗言：「沈浸醲郁，含英咀華；作為文章，其書滿家。」其意為吾人涵泳在經典的醲郁裡，品味文章的精華微旨，然後思慮再三將之寫成著作，日積月累堆滿了整個屋子。於此韓愈訓示我們要努力進德修業，毋須擔心將來的出路如何，只要潛心研討古代典籍中的意蘊，厚植自己的學養，日後定能經世致用。而中國古代的文學經典便是飽含醲郁英華的文化極品，在內容和形式上都經得起時間的考驗，多多閱讀這些偉大的著作，是可以振聾發聵使人茅塞漸開的。從另一方面來說，在這沸沸揚揚的時代裡，如果我們可以一卷在握沉吟終日，經典文學的閱讀將使人變得安靜沉穩，而親炙高文典冊也可以抗瘟去俗，讓我們遠離心靈的貧乏虛浮，因此我們需要重返文學經典閱讀之鄉。

文學藝術的境界如同我們的人生一樣廣大深邃，我們如何超越日常生活的限制，擺脫板滯庸俗與委瑣靡頓，找尋極富詩意的棲居方式，王夫之曾說過：「能興者謂之豪傑，」正是要我們注意審美感興與體驗的重要性。文學創作也像愛情人生的經營一樣，大有癡人在夢裏說夢的意味，總是悲歡交集憂樂相續，只能隨緣且喜地添絲加絮粧點幻境一番而已。而閱讀文學經典總須以自身的情感想像來印證，尤其是生活中的經驗可以幫助我們體會其審美意境。閱讀文學經典乃是孤獨之旅，在途中吾人用生命來面對生命的實質互動，確定一些人生信念和價值觀，而擅於文學靈魂的探索者，總能藉由經典閱讀引發自我的人文思考，無關乎個人的道德修養，只是必須學著面對自己的孤獨，因為對他而言，「以想像構設的文學就是他鄉，得以稍減孤寂之苦。我們之所以閱讀，不僅是因為看不盡大千世界，也是因為友誼如此脆弱，易於凋零散佚，因時空

阻隔,人心蒙塵,家庭與感情的牽絆而消退。」對布魯姆(Harold Bloom)而言,閱讀文學作品的心理定勢,竟如同《紅樓夢》裏所說的「反認他鄉是故鄉」,現實人生難免有諸多的缺憾限制,但在想像文學的世界中,我們藉由作品的敘寫去浮想翩翩,能夠於短時間內歷經情、景、事、理,與作者悲欣交集哀樂與共。所以,文學閱讀是生命中不可或缺的孤獨之旅,它也是一種自我實現的方式,在過程中我們得以面對自己。

作品舉隅:

丁亥霜降前有感　2007 年 10 月

氤氳草樹連蒼翠,島嶼邊緣賦新詞。

綠野平疇瀰惝恍,山風海雨漫迷離。

秋光黯黯接天際,物色寂寂入地陂。

枝頭白鷺自悠悠,夐遠潮音惹夢思。

負笈北美十載追憶偶成　2009 年 2 月

天涯轉蓬見丹楓,異域驅馳秋色澄。

術業淫淫仍有愧,詩文沒沒總無成。

雪霽微陽麥迪遜,仙掌地熱土桑城。

書中築盡青春夢,日月松花計期程。

「他讓詩詞盛開成花」

第三名　語文教育學系／李宜萍

在文學的天空下曬日光

在語言的世界裡旅行

來自一曲和諧吟唱

他是王萬象老師

一、

他讓詩詞盛開成花

花是形象鮮活的感動

開在想像肥沃的掌心

適合神秘

也容易別在髮際為日常

摘朵鮮花種到心上

我的生活芬芳

眼裏有多彩蝴蝶緩緩地飛

二、

他讓創作寬闊成海

海是晴天溶溶的澄淨

融入風之觸拂雲的呼息

浪花與心都有創意

沉浸在無邊寶藍裡

世界柔軟不已

三、

他擅長將古典柔和成秋天

秋天是徘徊時空的段落

向著現代旋轉意境

然後紛紛飛落，鋪一地經典

時間走過踩過

那善感的秋碎成黛玉花

輕輕勾住我的眼角

勾住我停在那華麗瞬間

眨一眨眼便看見溫暖的的顏色

四、

他讓閱讀晶瑩成雪

雪是初冬很輕很輕的清晰

飛在空中細緻如星

閃爍感性理性光明

思緒也隨著透亮

把我身上的絨衣織得暖和

他總是讓我的夢想變得燦爛

直到美如蓮開的水面

他是微風中一響清澈的單音

他是王萬象老師

佳作 「東大之寶」

幼兒教育學系 王柏翔

● 良師首選：體育系 顧望平教授

個人簡歷：

研究專長：排球、體育教育。

「東大之寶」

佳作　幼兒教育學系／王柏翔

　　當我鼓起勇氣，開始描述這位在我短短兩年半大學生涯中影響甚多的老師時，我的心是悲傷的。因為，這位不可多得的好老師已經在今年的二二八，永遠地離開了我們。她是顧望平老師，東大男排永遠的教練。

　　還記得剛進大學時，首次接觸了排球這項運動、首次進入中正堂參觀校男排練球；除了學長們精湛的球技之外，令我印象深刻的，就是老師的聲音了。元氣十足、聲音宏亮、脾氣不太好，這都是每個學生對她的第一印象。不過相處過一段時間後，漸漸發現，為什麼學長們總是親暱地叫她『顧媽』；因為對我們這些出外求學、喜愛排球的人來說，老師就像母親一樣的關心我們、照顧我們。無論什麼時候，老師總是以學生優先。對她而言，每個學生都是她的寶貝；對我們而言，老師就是我們的寶！

　　開朗的笑容、爽朗的笑聲，總是綁著小小的馬尾，穿著她那熟悉的背心，再將雙手背在背後，這些小小的形容，就是顧媽的註冊商標。她是個保有童心的大小孩，有時候會跟我們鬧彆扭，有時候會因為大家的甜言蜜語笑地闔不攏嘴；總是對於自己的學生自豪萬分，大聲地炫耀。這，就是顧媽。

　　還記得大一升大二的暑假，自己跑去跟老師說想跟校隊一起練球，老師笑笑地答應了。練習很苦，老師的要求更不在話下，可是大家都很認真。在練習過後，老師常常會問大家：「餓不餓啊？要不要吃東西啊？」接著就帶了一票人一起吃吃東西。還記得有天晚上練完球，老師帶大家去吃宵夜，大家點完各自要吃的東西後；老師對我說：

「你吃那麼多啊？小心變胖跳不動啊！」老師不是擔心我們吃太多，而是擔心我們會影響到自己的健康、球技。雖然只是小小的一個事件、小小的一段話，但是我謹記在心。這是顧媽對學生的關懷，就像冬天的朝陽，溫暖地、適時地照著我們。

　　雖然，老師現在離開了我們；但是，我們會記得，曾經有這麼一位好老師，無時無刻地替學生操心、替學生開心。我永遠不會忘記老師對我說過一句話：「你有病，得了癌症！」老師說，我得了球癌，一天不打球、不看球，就會全身不舒服。聽到這樣的話，當下真是覺得無比開心，因為我看到她的表情，也是無比開心的。

　　這篇文章，謹獻給我所尊敬的　顧望平老師。在裡面，我從未使用您、祂等字眼已表達對老師的尊重；因為，顧媽顧媽，我們老是這樣稱呼著妳不是嗎？雖然妳已離去，但是我們對妳的思念，不會離去……

「望君平安」

佳作　體育學系／張琇惠

「穿紅色衣服那個美女，出來示範動作」被指名的是一位田徑專長的同學，旁邊隨口附和一句玩笑：「穿紅色衣服的都很厲害！」老師回答：「妳很厲害是吧？那妳出來示範」。這是我們第一堂顧老師的課，也同時在心裡告訴自己：接下來的日子，真的得十分謹慎。

接下來的日子，只要是老師的課，無論是學科還是術科，大家都繃緊神經，沒有人敢遲到、早退，上課中不敢出聲、睡覺，一旦有誰不符合規定，馬上天外飛來一筆，當粉筆掉落在眼前時，睡意也隨即消失。

記得老師所教導的社區體育，最重要的任務之一：訪問早起運動的老人家，必須在早上 6：00 鯉魚山集合完畢，這對身為大學生的我們是多麼艱難的任務？這時就得發揮體育人的精神——團結合作，五點身負重任的代表人起床後，就必須開始當連環 call 鬧鈴，將其它人一一叫醒才完成了這項考驗。

在老師嚴厲地帶領之下，術科、學科我們都努力練習以達到標準，以我自己為例，排球課的牆壁扣球，從只有個位數開始到考試進步到近 600 下的成績，當下的成就感讓我也感謝起老師的要求，如果沒有背後這把推手，相信我們永遠只會停留在原地，而沒有成長。

這學期，大家還討論著，要一起上棒壘球時，就傳出老師生病的消息，當時的我們都抱持著樂觀的態度，因為我們都相信依老師堅韌的生命力，一定可以熬過去，沒想到寒假結束，不幸的消息發生了，很難相信，短短的時間，我們即天人永隔。

　　老師對校隊的用心，大家都看得見的，練習時間總是能看到她的身影，在生病期間，還不忘提醒著校隊要記得練習、也不忘提醒著主任，要多替學生們爭取權利，這讓身為學生的我們感動不已，但如今這份感謝只能放在心裡，默默祈禱著，在天上的祢可以過得很好！

　　老師，排球隊的學姊們再玩一次躲貓貓，祢就會出現嗎？祢沒有遵守在今年一起陪學姊長畢業的承諾；沒有完成自己退休後的夢想，祢的好手藝我們沒有機會再嘗到，但，請祢將我們的祝福帶到祢身邊，讓我們能繼續伴著祢！祢的用心良苦，我們都看得見！謝謝祢把一生獻給了學生，在人生的旅途，謝謝祢的陪伴，我們會帶著你的精神前進，祢的那句：「喂！美女！」及宏亮爽朗的笑聲猶言在耳，祢永遠活在我們心中、永遠是我們敬愛的老師，在另一個世界的祢，也要好好照顧自己！望君平安。

佳作　「良師速寫」

資訊管理學系　汪于軒

● 良師首選：資訊管理學系　陳彥宏教授

個人簡歷：

　　陳彥宏博士，大學就讀國立臺灣科技大學資訊管理系，於 1999 年學士畢業後進到國立清華大學資訊工程研究所，一年後直升博士班，於 2006 年取得博士學位。

　　主要研究領域為生物資訊（Bioinformatics），計算方法分析與設計（analysis and design of algorithms），資料探勘（Data mining）與資訊安全（Information security）。取得博士學位後，曾經在 2006 年春季在國立高雄大學應用數學系擔任兼任助理教授，2006 年夏季到國立臺東大學資訊管理系擔任專任助理教授，2008 年夏季兼任國立臺東大學理工學院院長特別助理。

教學理念：

　　我的教學的核心價值為「熱忱」，「互動」以「學生為本」。

　　我對教學與學生學習與事務上相當關心，也非常熱心。剛開始教書時，我主要是採用模仿的方式，思考我在求學期間，哪些老師上課的態度是我喜歡的，哪些老師上課方式是我不喜歡的。從這些好的老師中學習他們好的一面。以我當學生的角度來思考什麼內容是我想要老師教我的。

　　對學生我相當的熱忱且關心，不管在課業或心理上。學生有任何的問題我都樂於解答，有任何需要我都盡可能在第一時間給予協助。在臺東大學的 BBS，我有自己的個人版，可以在課後密切地與學生保持聯繫，給學生充分的協助跟分享許多生活及課業的心得進而促進良好的師生關係。

　　我的教學方式一直秉持著「互動」及活潑的教學方式。許多問題我會先請學生發表意見，鼓勵他們提出自己的想法，之後在公佈可能的答案。盡可能使學生課堂上當場弄懂這些觀念，不要在課後再去自己閱讀反而事倍功半。因為課程往往有連貫性，所以我要求學生一定每節課要到。要求學生，我自己也不能偷懶，所以在課堂上我的教材多是生動活潑的投影片（加入動畫特效與圖片），雖然這些教材設計往往花費我相當多許多時間，因為資訊科技進步相當快速，每學期的教材內容我也都有做適度的改變。我剛來臺東大學就開始自己做期中教學問卷，從期中問卷透過學生的批評了解自己的缺點與優點，優點保持，缺點設法改進，我也會一一的把問卷內容回覆給學生，讓他們了解我的教學理念跟教學內容。我上學期開始嘗試哈佛大學的「minute paper」的做法，課後問卷，讓我在下一堂課就能做出修正。

　　其實我覺得教書最大的受益往往是老師本人，從教、從講、從製作教材，往往可以釐清很多自己的盲點，這也是從以前的老師那裡得來的經驗，有些內容沒有講出來，寫下來會以為自己懂，其實一旦講了，寫了才知道自己對這些知識的盲點。所以透過教學相長可以讓自己的研究做的更好，也可讓學生們學到一些目前新的領域方面的知識。

閱覽心想：

　　感謝于軒撰文鼓勵，雖然我想于軒最主要的目的應該是要賺那 500 元的獎金與獎狀。但是有學生的鼓勵，心理總是很開心的，覺得這一切的努力跟用心還是值得的。不過我只是努力做好自己本份而已，教書跟研究一直就是我最喜歡的工作。而且其實認真用心的教學跟關懷學生，收穫最大的往往是我自己。謝謝學生的鼓勵跟打氣，希望這學期繼續再給老師指教囉。

「良師速寫」

佳作　　資訊管理學系／汪于軒

　　是誰，讓我們在離鄉背景來到的臺東，找到一份歸屬感？是誰，在我們少了父母殷切呵護的時刻，毅然扮演起那個我們懷念的角色，並竭力想給我們雙倍的溫暖及關懷？是誰，用他生澀卻貼心的言詞、內向卻認真的行動，融化我們這群，初到臺東大學，身處異鄉而焦躁徬徨的心？是我們的導師──陳彥宏。

　　還記得，班上與他初見面的那天，在系主任介紹後出場，也許是因為他是第一次擔任導師，面對我們的時候，表情動作略顯僵硬，簡單勉勵我們幾句卻也匆促結尾了。那時我想，四年大家可能得自立自強了……但這個想法，卻在幾次接觸相處之後，被徹底推翻。

　　他上課時怕教室太大，學生太多，講課的聲音無法傳達給後面同學聽到進而影響學習效率，除自備隨身攜帶的麥克風，也時常教室裡來回穿梭，為的是讓那些不好意思舉手問問題怕影響大家課程進度的同學，能就近以平常說話的音量就能告知他問題的所在。只要有人提問，他便更仔細的重新講解一遍、兩遍……不論幾遍，他的表情永遠像是第一次講給我們聽那般認真而專注！也許「不厭其煩」是老師必備的，但他在課堂上那股獨特而堅持的投入，是讓每個在座受教的學子都會為之震懾的。

　　課外的時間，他卸下老師的責任，卻將照顧我們的使命一肩扛起。總擔心我們餓著了受凍了，總煩惱剛從稚嫩高中生躍升為凡事得自理的大學生的我們，在生活上是否遭遇困難、是否感到無措。所以，關切同學的電話，時時在班代身邊響起，頻率甚至多到同學間會開玩笑地說：都已是大學生了還把我們當小朋友看啊？……但大夥彼此都

清楚，這種調侃卻是在被細細呵護，打自心裡幸福下所道出的，滿足感謝。每次當有人受傷，他也總是十萬火急的排除萬難，一下了課就直奔我們宿舍探望受傷的同學。他的責備聽起來不像是責備，反而用心疼的嘮叨來詮釋會比較貼切。一樣的關懷、相同的叮嚀反覆地被提起，那些話漫天飛舞在傷患同學房間的空氣中，全成了溫暖貼心的良藥。當然！這帖藥是對心靈而言……

每到期考附近，他會要求我們到教室裡晚自習，並且連續幾天晚上陪著我們啃書，為的，是要負起監督我們學業的責任，並在我們讀到困難瓶頸之處能夠即時向他求助，當下就解答以達到唸書的高效率，這是他的要求、是老師的嚴肅。自習到了尾聲，他總是獨自搬著早已準備妥，要幫我們補充體力的宵夜，在教室與停車場間來回奔走，氣喘吁吁。我們要求幫忙卻被老師駁回，原因，只是他希望我們能善加利用瑣碎的光陰，把握任何唸書的片刻。看著他汗流浹背地，但也只能更辛勤地埋首書堆，才不愧對他為我們、為班上同學所犧牲的一切。這是他的關心、是父母的親切。在老師與父母的角色間不斷變換，他對我們的重要性溢於言表已然！

這位老師更難能可貴的是，曾經有次我們在市區街頭逛著，遇到了老師，那時候，他挽著一位老太太的手，身旁同時跟著一位老先生，我們想：那應該是老師的父母親吧？「身教重於言教」這話在面臨的時候，才知道影響力之巨大。能在晚飯後的時光，挽著自己父母親的手，和他們在街巷中散步，享受著天倫之樂的氛圍，這該是多麼美的事？在那天晚上，我們看到了在學校課堂上所看不到的老師，他的神情，是滿足是愉悅是感動我們的；感受了在同學面前所感受不到的老師，他的情操，是偉大是可貴是撼動我們的！

多麼慶幸，他是我們的老師！讓雖然懵懂無知而身處異鄉的我們，能找到一份依歸。

多麼驕傲，他是我們的老師！讓我們在面對浩瀚深奧的知識，能不畏懼，因為有一個榜樣。

　　多麼感激，他是我們的老師！讓我們在大學這塊社會縮影的校園裡，除了追求自己的夢想，還懂得禮義道德這些快被忽略的情操教育，因為，我們有一種信仰。

　　還記得，班上與他初見面的那天，在系主任介紹後出場，也許是因為他是第一次擔任導師，面對我們的時候，表情動作略顯僵硬，簡單勉勵我們幾句卻也匆促結尾了。這時我想，大家在這四年的大學時光中，一定是無與倫比的幸福。因為，我們會一直一直被一個，像爸爸般惜字如金卻細心保護著、像媽媽般囉唆嘮叨著，卻滿心掛念我們的人呵護著……陳彥宏老師，這四年，麻煩你了。

佳作　「良師益友」

特殊教育學系　樹　漢

● 良師首選：特殊教育學系　曾世杰教授

個人簡歷：

　　美國俄亥俄州立大學教育哲學博士，研究專長為：變態心理學、情緒障礙、閱讀障礙研究。

「良師益友」

佳作　特殊教育學系／樹　滓

若大的校園裡　能看到忙碌的老師
在校園裡穿梭著
寧靜的教室中　能聽得見他的故事
在教室裡分享著

每當同學提問時　他總是能一一化解
咱們心中的所有的疑問
每當同學上臺時　他總是能鼓勵我們
適時的給予肯定的掌聲

一位忠實的聽眾
一位認真的老師
一個鼓勵的微笑
一個肯定的掌聲

他會是誰呢？

曾以為遇不到良師益友
世間是不是就少了些什麼？
杰人的出現知識增加了光彩
讚許他吧

謝謝您　我們最敬佩的老師！

96 通識徵文

「溫室效應」

「通識，讓你增廣見識」

「溫室效應」

華語文學系／饒宛如

　　近幾年來，我想不單是臺灣的溫度節節上昇，全球的溫度也在逐年地慢慢攀升。對大眾來說，也許只會想說：這只是一個氣候變遷，沒什麼太大的問題。可是事實上卻不是如此，溫室效應這種危機，它存在於我們的日常生活中。由於溫室效應的影響如細細流水一般的緩慢，以致於人們往往忽略其影響。全球暖化的問題是具有強烈急迫性，但是我們卻不願意直接去面對它，而浪費了許多時間。

　　隨著科技一日千里，尤其是工業革命之後，創造了使人們方便的器具，但也破壞了地球原本的面貌，可悲的是，溫室效應早是大家耳熟皆知的問題，反觀大部分的人卻不想為這問題而改變。世界大國之一的美國，不願意簽署降低二氧化碳排放量，也就是《京都協定書》。有數據顯示美國在二氧化碳的排放量佔全球 25%，我想美國覺得簽訂這條約，帶來的衝擊會影響到其經濟上的發展；反過來想想，如果大家都抱持「各人自掃門前雪，休管他人瓦上霜」這種心態，問題不但不能解決，反而會更加嚴重，等到發現已經嚴重到不行時，試問這時再來補救，又能改變什麼？

　　溫室效應的議題我近期看到一部影片，它的片名叫做「不願面對的真相」，這是一部紀錄高爾的演講。他風趣幽默的談話內容、卡通影片及不容置疑的科學證據，說明全球暖化造成的現象已經在全世界各地造成嚴重災情。他藉此機會呼籲美國政府、民間機構以及普通老百姓發揮環保精神，一起努力解除這個危機。看完這部片子，我心底深深受到刺激，雖然是聽似輕鬆的演講，但他講談的內容卻是如此的沉重。身為大學生的我，只知道每年夏天的溫度都很熱，卻不知道冰

棚已經融化的那麼嚴重，看到高爾拍攝的冰棚影片，我萬萬沒想到那座千年冰山是會融化的，而且是逐漸崩落，那落入海裡的碎片，不就是人類親手埋葬的嗎！還有高爾用許多曲線圖讓我了解到，節節爬升的曲線的意義正是一條又一條被硬是拉高的絲線，這線無法支撐太久，可能隨時會斷掉的，我真的無法想像電影中那「明天過後」的場景發生在現實中。

高爾以無比的熱誠、深具啟發性的談話，及堅定不移的決心，解開了全球暖化的迷思和誤解，並激勵每個人採取行動阻止情況惡化，試圖讓大家接受這種事實，他無數次的演講都是同一個議題，我很敬佩他為這個領域所付出的心力與時間，也許曾心力交瘁，也許曾想過放棄，也許只是也許……但是從他的行動中，我看到他背影中所透露出的堅決是無法撼動的。他說：要改變溫室效應，要從現在做起，而改變的不二法門就是改變我們的生活習態。哪怕只是小小的行為，累積下來都可以變成大大的功用，如果每個人都忽略這小小的貢獻，那溫室效應只會更嚴重。

無論是什麼真相，都是需要去面對的，並且試著去改變。世界上沒有任何事情都是完美的，而是相對的，不能因為好就安逸，進而忽略其他所存在的問題，壞的部份又何嘗不是我們自己創造出來的。

「通識，讓你增廣見識」

語文教育學系／嚴嘉祥

　　經過大學升學考試的激烈廝殺，終於如願踏入大學殿堂，徜徉在專業領域中、遨遊在浩瀚的知識寶庫裡；藉由專業科目的培養，提升自我競爭力，讓自己成為專業領域中的專才，並在未來職場上貢獻一己之力。

　　然而，除了本身專業能力的養成，「大學」最重要的功能，便是要培養自我興趣、發展健全身心、進而能夠成為在各領域皆有涉略的「全人」；但是，「全人」的養成，並不是單靠修習專業科一蹴可及，而是要藉由「通識科目」的帶領才可達到這樣的境地。透過修習分門別類的各項通識科目，你能夠知道自己是否已經「攝取」均衡的「營養」、是否在專業科目外，又多得到了些甚麼？

　　「培養興趣有這麼重要嗎？」、「我為什麼要變成『全人』？」有人帶著狐疑的眼光，質疑有甚麼東西會比專業能力更重要。事實上，大學要帶給你的，不僅只是未來謀生的能力、更不是要把你關在學術的象牙塔裡；更要緊的，是要擴大眼界，帶領你在寬廣的天地之間翱翔。

　　如果想要接受文學藝術的薰陶，那麼就去選修「人文與藝術」類別的通識課程吧！這些課程裡，從古典到現代的文學、自東方至西方的藝術，能夠滿足你的品味。不僅有大部頭的「莎士比亞戲續選讀」、「中國古典小說」，活潑有趣的「偶戲」以及「水彩遊戲」也能帶你一窺藝術秘境。

　　若要了解社會現況、關心社會發展，作個「入世」的人，那麼選修「社會科學與當代議題」課程是最好的選擇。透過精心安排的課程，

帶你了解社會變遷、一窺多元族群的概況；修習「生活經濟學」，開拓眼界，使你了解市場如何運作、如何精打細算花錢花得有效率；加入「旅遊地理」，讓你「四界趴趴走」，成為生活達人！

　　想要親近生硬的數學及科學？「數學、科學及科技」的通識課程，可以帶領你「無痛」地接近看似嚴肅的數學與科學議題；「生活中的科學」讓你體驗數學及科學在生活中的妙用、「科學家列傳」則帶你了解科學家的生平。

　　而透過「語言與思考工具」通識課程，修習「思維語寫作」不僅能提升文字的駕馭能力，更可習得日、法、德文等熱門的第二語言，讓自己更具競爭力！

　　平時不常運動？「成長與調適」課程要讓你「頭好壯壯」！選修「極限運動」帶你去攀岩、划獨木舟，「養生學」還教你作氣功、吃養生餐，「婚姻與家庭」更會教你如何面對未來的婚姻家庭生活，受用終身！

　　藉由「通識課程」的帶領，讓你不知不覺中成了上知天文、下知地理的「全人」，更讓你成為生活中的「達人」。

　　修通識，不只因為它是「必須選修」，修通識，讓你增廣見識！

97 通識徵文

第一名　　「愛在文學蔓延時」

　　　　　　●●●●● 語文教育學系　林郁茗

第二名　　「瞳，世界舞臺」

　　　　　　●●●●● 語文教育學系　楊雅婷

第三名　　「功夫通識」

　　　　　　●●●●● 華語文學系　林修安

佳　作　　「愛的能力」

　　　　　　●●●●● 語文教育學系　蔡淑仔

佳　作　　「惜浪」

　　　　　　●●●●● 社會科學教育學系　侯佳宏

佳　作　　「後山」

　　　　　　●●●●● 社會科學教育學系　侯佳宏

佳　作　　「回轉像小孩」

　　　　　　●●●●● 社會科學教育學系　蔡淑仔

「愛在文學蔓延時」

第一名　語文教育學系／林郁茗／文學與愛情

　　曾經，對文字動過感情嗎？還是只有隨著那些字句，穿過空洞的街角，陌生的巷口，像似一場黯淡落幕的戲劇，連收場都深覺索然無味，以致無法帶來任何發自內心的共鳴及震撼。過去，徜徉在浩瀚的書海，循著漫無邊際的碎浪行駛，沿途飄蕩的風雨，連自己都有可能迷失。尋覓的過程，讓我幾度想要放棄夢想；望著前方渺茫的波光，黎明已從東方乍現，緩緩渲染成一抹斜掛的夕陽。汲汲營營的同時，我是否從未注意，這片海，所要傳遞的珍貴寶藏？

　　我們從古人的傳承中，看見詩經「執子之手，與子偕老」，看見離騷「何所獨無芳草兮」，看見那些真摯的情感與底心的惆悵，交織在年華老去的歲月時，還能夠藉著字句，梳洗一番。他們在詩文裡細心雕琢，宛如一個愛惜畫作的藝術家，嘗試對著作品多個幾筆、修個幾下；完成時，還要不斷盯著它，拼命想要找出缺陷與漏洞，連睡覺都要陪在身旁，深怕稍微恍神，便「畫去紙空不復返」。可以見得，他們從文字跟畫作中，不單只是要呈現作品，更是對作品放入了大量的情感；他們用冰冷表現潔白，用火紅象徵光芒，用一切的事物及言語，展現出豐沛的情感。這便是走過蕭瑟的景緻，總會傳來淒涼一般。

　　這堂課之前，關於文學的課程，倒是琳瑯滿目、不計其數，只是對於善用知識跟理論加以填充的課程進度，久了便覺乏善可陳，難以恭維。或許，沒有歷經千錘百鍊的深鑿，我們便無法提煉出炫爛奪目的結晶，得意地呈現在眾人面前。但是本著「好知者不如樂知者」的心態，選擇從文字裡得到我所要的情感，比文字所要教給我的知識更加重要；對於一個故事，我過程力求全盤了解，但更加關心作者是怎

樣的身世和背景，參雜著哪一種心情所寫出。而文學便也如此，雖求對於字句的體會與了解，更趨向深究其背後血淚交織的愛恨情仇；詩文感受至此，這堂課倒讓我看出的不是文人的學識，而是他們隱含的情感。

「愛情」走進文學裡頭時，文學的生命便輕而易舉地浮現了出來。像似人類有了靈魂，有了情感意志的奔放，在密閉的底心，開了一扇可以通向自然的窗，我們的傾訴與吶喊，便可以感染到每一處角落，每一段包含痛苦或悲傷的心靈上頭。他們在水澤川流間，聽著潺潺滑過耳際的笑聲，在高山峻嶺中，撫過一道道不為人知的淚痕，文字在他們描繪的過程，不單只是一幅透著藝術的自然美景，他們把一點一滴的寄託，全部鎖在迷濛的字句中。如同在課堂裡，每個上臺發表的學生，對於詩文之間傳遞的愛情，述說有著何種看法與感想時，都是帶著有點惶恐及羞怯的生疏感。不同於報告式的嚴肅，講者經常使群眾譁然，或者那幾段不正經的回憶，惹得在座哄堂大笑起來。情緒就這樣抒發了出來，儘管是過眼雲煙的短暫，或者不堪回首的惋惜，都從黑白的文字間，看到新的生命色彩。

青澀的歲月，文學除了讓難以啟齒的憧憬，可以得到紓解外，是否也有些人藏匿了不願公開的秘密，獨自守在無人的黑夜，默默地堅持下去；我們愛情都從陌生開始醞釀，而認識到熟悉的過程，那段曖昧升溫的情誼，都是初嘗甜頭的男女所津津樂道的。只是當這些期盼，不被允許時，那樣的煎熬又豈是我們所能想像？課堂中，探討了「同志愛情」的文學與電影。不得不承認，很多人其實都本於好奇而去接觸這一類的題材。直到看了同志文學時，他們上臺發表時幾乎呈現「啞口無言」的狀態，電影給他們的觀感，竟是一張張不可置信的表情與驚嘆聲。便可想見，當文學注入了愛情的題材，不只是要彰顯婉約柔美的情感，或是用以抒發難以言語心情，它更應該替社會價值觀所無法接受的「情感」發聲：用來告知她們需要的平等尊重，她們在乎的理性看待，他們極力用文學創作各種題材，感染我們這些正追

逐在愛情的傻子們，他們也希望在愛情中當傻子，卻不希望社會把他們當傻子看……。他們讓我在文學裡，看到更多愛情的感動。

　　課程吸引人之處，還不只如此。文學中的愛情觀，只是山雨欲來的一個伏筆，要能體現生動的情感，讓畫面可以在風中搖曳生姿，展現各種奇幻曼妙的神采韻味，便是各系對於文學與愛情的專題報告；音樂系用了抒情的古典樂曲，表現了在戀愛時，那種飄逸恍惚的美好心情；美術系則用了幾幅色彩鮮艷的圖畫，突顯出內心對於愛情的洶湧與澎湃，他們更分享不同色彩之間隱含的情感；體育系也將他們很多追求愛情的熱血過程，用戲劇的方式呈現出來，增添了愛情的精彩度和趣味性。不同的系級，便會呈現出相異的風格和面貌，非但沒有受到「文學」所框架住，更將「文學」推向另一個境界的高峰。這或許才是真正體認到，每個從文學了解到的知識，帶入自己生活中時，即可表現出自己獨到的品味。

　　一篇文章生命力的湧現，端看我們注入什麼樣的情感進去，彼此得以在心領神會間，震盪出感同身受的際遇。如此，我們遍讀中西的詩文和小說，才能避免只是耽溺在作者的漩渦中，而能夠融入自身的體悟和經驗，將那樣的情感重新解構，點綴在屬於我們的朝暉夕陰，飄散在過往經歷的暴雨明霞，讓那些衍生的種種情感，引領我們去觀看生活百態，發現潛藏的美感；落花原無意，流水本無情，但畫面印入底心，怎又會產生如此騷人墨客的情懷？或許，這便是自然給人們最大的慰藉，讓苦悶的生命可以得到舒緩，喜悅的情緒可以相互分享，可以「與自然同樂，苦自然所苦」，可以「憂自然之憂，樂自然之樂」。愛情的文章和書籍涉獵一多，便會開始淡忘先前的部分，但永遠忘不掉的是某些感人肺腑的對白，某些咬牙切齒的情節，讓你難過地哭一整晚，或是激動地搥心肝。這些反應，都已是將文學的既有內容，轉化成自己的真實感受，確切地將屬於「愛情」的一部分，投射進去。唯有如此，閱讀任何愛情作品時，才是真正讀出它裡頭的內涵。

　　文章有長短之別，則愛情必然有深淺之分，我們所想了解「文學表現出的愛情觀」，由此下手，說不定可以得出些許蛛絲馬跡。課程之後，開始有許多心得分享出現，說著他們對各種類型的文學，從中閱讀出何種愛情觀點；喜歡情詩的，鍾愛這幾行簡短的句子，能夠輕易帶出種種華麗典雅、輕柔飄逸的仙境，使他們雋永餘韻、流連忘返；喜歡散文的，倒是愛上那字句雕琢細緻的美感，還有信手拈來的「飛絮滿天」、「落葉遍地」穿插的動態感。言情散文在他們心目中，成了一首首片段的藍調，悠揚著他們生活中迷人的地方；而長篇的小說，更是有趣。每一個讀者彷彿都成了作者，不停地傾訴著每一章節的故事跟對話，跟他們的回憶和經歷有多麼相似，人物的性格和遭遇，又有何種密不可分的關連。而他們自己看到一把鼻涕，一把眼淚時，那種心情又豈是我們所能體會？許多總會在結語時，無法免俗的說著自己因為閱讀這些書，讓自己又增加了哪方面的知識。但我看到的，是他們發自內心的真摯情感，因為這些書，被成功地激發出來。

　　愛情在文學的領域蔓延時，如同在浪濤前佇足，在叢林裡起舞，穿越一場場歡騰的宴會之中，我們恣肆地展露最美最真的一面。文學沒有能力束縛我們奔放的情感，我們卻可以用情感改變它成任何的模樣，這是我體認到的最大收穫，也是我一開始所堅持的執著。愛情讓我看到文學呈現出來的，不只是經史子集，不只是天堂和地獄，以及零亂的言錄和難懂的哲理。裡頭包含著每一個人的靈魂，每一次內心翻山越嶺、跋山涉水後，所沉澱出來的珍貴結晶，那是任何人也取代不了的真實情感，真實地記錄著離別的陽光，思念的雲朵，把這些真實全部投遞給大海，我們也聽到大海給我們不同的迴響，聆聽我們於文學和愛情交會之間。

「瞳，世界舞臺」

第二名　語文教育學系／楊雅婷／通識教育講座

　　短暫的一學期，在會議廳修通識教育講座，眼望前方小型講臺，看見世界舞臺。一堂接一堂回味無窮的演說，深深烙印在腦海中。少了其中之一，就如同世界拼圖少了一塊。從小視野循序到大角度，都能牽引人生中的各個層面。

　　世界舞臺門前掛了一把鑰匙，門上指引一門修課經濟學，讓我進入此扇門後，將所見所聞盡收至人類最龐大的記憶包袱裡，藉由精密思考轉軸計畫出最完美的保存位置。修課精不在多，在良於質。不只是為通識修課學分表在努力，更應該吸收不同領域的涵養，而增進自身思考的層面。因此，在個人專業領域的修習空暇之餘，去接觸及補足自己缺乏的知識拼塊，修課不挑食，均衡營養，才能有個健康和完善的知識寶庫。

　　踏入門後，舞臺上呈現出各個不同的小視窗。地景美學正介紹著我所熟悉的生活環境，一張張大自然峻茂的生態圖，讓我驚豔不已。慨嘆自己生活在這個區域，卻從未將它尋遍、挖掘它隱藏的神祕面貌，只希望它能再繁榮些、便利些。殊不知這一塊地正被許多人所稱羨著，享受它帶給人清新自在、無憂無慮的感受及好奇探索的衝動。無法進入陶淵明的桃花源，也能在周遭生活環境中尋找到屬於自己的秘密花園。這時，另一個從視窗看見了全球生態危機的話題。人類永無止盡的耗能，演變大自然無情的反撲。氣候不穩定，頻頻發生無法預測的災害，使得人心惶恐，積極的找尋對應策略。生物界的轉變卻無形中在蔓延，極地的雪融，使得動物生長環境的變遷，無法繼續生存，瀕臨絕種。直到如今，生態情勢開始惡劣，才開始意識到節能保

護地球。讓我了解保護生態平衡，更應該從自身做起，積極響應環保節能政策。環境議題的另一層面，來自嶄新的生活模式。觀看另一個視窗──原住民的土地生態與智慧，在原始生活型態下，生態沒有現今的隱憂。在考古學者嘔心瀝血研究及挖掘後，出現耐人尋味的原住民文化。各個族群，都以大自然為主，天地是賦予一切的恩人，就像母親一般。因此，他們運用古老智慧保存了這塊美好的大地，流傳至後代子孫去珍惜。反觀，現在的大地似乎被人類傷害的體無完膚。我心想著這些都該歸自於人類想過著更好的生活，只是在過程中，卻不自覺傷害了它。

　　「科技始終來自於人性」這句話在傳播媒體上耳熟能詳，舞臺上的視窗正在詳細介紹──創新科技的挑戰，用科學創新來滿足人類所需，無論在醫學界、美容界……等等，都藉由科技的研發獲得極大的益處。對於此領域一竅不通的我也不由得佩服起默默在貢獻的科學家，將一生心血奉獻在研究上，一項科技研發所奠定的自我肯定比一切榮華富貴都來得重要和榮耀。除此之外，自從人類有了通訊工具，傳播工具便日趨漸進的開展而來。視窗中開始介紹影像產業展大的趨勢，從一開始的黑白影像到彩色影像；傳統電視到現在的液晶平面電視。這時記憶中想起媽媽曾經跟我敘說的老舊時代，當時在鄉下只有富足的人與政府官員才買的起電視，每當傍晚茶餘飯後，一群人跑到有電視那戶人家門口集凳而坐觀賞影片的景象。而今家家戶戶都有各式先進的電視，甚至桌上型電腦和筆記型電腦都幾乎人手一臺。這不僅顯示了科技帶給人的進步，也正意味著影像產業日復一日逐漸興盛的趨勢。走在大街上，電子產業店隨處可見，電子商品更是琳瑯滿目，跟人類生活密不可分。

　　近年來隨著科技進步，人類生活品質也逐漸提高。其中一個視窗正在探討著積極的健康生活型態，從醫學保健角度來正視每個人在日常生活中的食衣住行。由醫學研究者統計本國歷年來疾病所造成的死因大多來自於癌症，而罪魁禍首大部分也來自於個人的生活習慣及遺

傳因子。另外，心理精神方面的疾病也隨著社會進步腳步日趨漸多。而要避免這些疾病，最終還是得從生活型態開始改變。畢竟醫學界再發達，也只是治標不治本，還不試著從生活環境到身心做調整。這堂課不僅僅補充我醫學方面的知識，也使我開始重視自我保健。健康是一輩子的財富，即使努力再多的零，少了前端的一也只是徒勞無功。此外，生活中不可或缺的就是與人相處，因為人是群體動物，有個視窗出現引人注目話題──愛與熱忱。愛分很多種，儒家提倡漸進式的愛，墨家提倡無等差的愛。而現代社會中最簡單的區別莫過於家人、愛人、朋友、種族之間的愛，此堂課重點放在友愛。除此之外愛的輔助品──熱忱，也是非常重要的部份。因為就算有愛，沒有熱忱，那麼這份愛的熱度就會消退。無論在做任何事，欠缺熱忱就像風車少了風一般，不能持續轉動。不論在多麼繁華的城市，總是會有在角落的一群人，他們缺乏的不是金銀財寶，而是一份愛和關懷。因此民間許多熱心團體便開始激起關懷行動，成立基金會、偏僻地區的教育和醫療巡迴……等，都是在努力把一份愛傳播下去。

　　思索完許多世界舞臺上的視窗，將視野拉回離自己最近的人生旅途，舞臺上比例最重的部份將精采的展開。首先讓我耳朵傾聽欲罷不能和目不暇及的演說視窗──從兩性看生涯，講師的幽默風趣和一連串的逗趣分享，讓瞌睡蟲沒有入侵的機會，周公似乎也對下棋沒興趣了，將五官感受投射於舞臺的帶領者。上天創造了男人與女人，也就衍生出今日兩性的話題，亦或是時代變遷思想開放下的同性議題，都浮出檯面備受探討。從古至今男婚女嫁是習以為常的事，然而經由西方文化觀念衝擊，讓兩性和婚姻生涯有大大的改變。男女平等的社會，更顯示著彼此輔助另一半的角色，而非夫唱婦隨的刻版印象。此場演講用輕鬆的態度化解了許多同學感情方面的困惑，也讓我獲得許多兩性平權和溝通新觀念。人生不僅僅是依循著上天安排的命運，更須靠自己去改變往前的道路。此時舞臺上放映出幾個小視窗，從各個角度的人生觀去思考，播放著用媒體製作的

小影片，把人的一生用幾十秒速度快數瀏覽，也意味著人生的短暫。正當些許感嘆時，講師說明了人生重要不在長度，在於寬度。嬉笑怒罵的人生何嘗不是一種生存法則？比起按部就班的機器人來得快樂許多。「人生以服務為目的」這句話引出了另一個觀點，人不是為了別人而服務，而是時時刻刻在服務自己，服務他人也等於在為自己服務。單調的色彩人人都會厭倦，死板的生活更是讓人了無生趣，因而營造出自己的創意人生便是快樂的泉源。講師用平凡的陀螺象徵人生，讓我們去用巧思變化出不同的樣貌，讓人生不但著上鮮艷色彩，更鳴出雀躍人心的旋律。

「人因夢想而偉大」，每個人都在為自己夢想而努力，視窗中有歌劇藝術，有繪本，主講者在世界舞臺上盡情揮灑自己的夢，讓我看到一座座的彩虹。每個人都有自己的舞臺，不同風格的藝術，也許只是世界舞臺一小角，卻是發光發熱中的一部份。就像是聖誕樹上的五彩燈，其中一個燈泡壞了或許不造成任何影響，但是它的光度就是少了那一些。讓我體認到每個人活在這世界上的重要性，一個人的消失不會改變全世界，但世界卻永遠缺少了那一個小小舞臺。每個人都希望自己超越其他人，對於大學生來說，面對未來的職場更是一大隱憂。視窗中講師努力的告訴每個人如何提升自我競爭優勢，大家都屏氣凝神的專注聆聽，就是深怕自己遺漏哪個關鍵而落後。用國際化觀點轟炸我思想中的小世界，讓我必須想的更遠、更細膩，自我準備也要更齊全。在未來趨勢，能力決定貧富，也決定生活品質，所以提升自我競爭優勢可以說是目前最重要的一件事。短短幾個月，看到了許多世界各個舞臺，雖不是包羅萬象，卻也五臟俱全。讓我眼前距離拉長、拉寬，也意識到很多生活層面，相信在未來大學生涯，會過得更精采、踏實，也能讓自己的小小舞臺在大大的世界中點亮一盞燈。

「功夫通識」

第三名　華語文學系／林修安／防身術

　　剛上東大，我人生的第一堂大學課是通識課，這樣的安排讓我有一點點小失望，對我來說，我對我的專業科目「華語文學」較有興趣，所以我一直有文學至上的觀念。先入為主的思想，使我一直都認為通識是多餘的學科，我在沒有思慮過的情況下選了這堂課。

　　防身課，它讓我起了個大早，就這樣我伴著我的起床氣，穿牛仔褲去上體育課。炎熱的天氣使我的腳步特別蹣跚，越靠近教室，我的腳就越重，頭也越來越沉，因為我實在不想一大早就在太陽下喝喝哈希，也不想在某天用野酋拳防身，我反倒希望買一把玩具槍，說不定就可以把搶匪嚇死。在那當下我仍是抱持文學至上的心態，認為自己來大學只為修文學學分。我蹣跚地拖著前腳進了教室，跟著我後腳進門的就是防身術的教授，我很慶幸他沒能看穿我的心思，不然我可能會在進教室的同時被過肩摔。我用餘光偷偷打量他，深怕他突然給我個一擊必殺，趁他還沒發現我冷汗直流以前，我很快的找到座位坐好。俗話說得好，知己知彼百戰百勝，我決定先聽他自我介紹那些我自以為是妖魔鬼怪的來歷，然後再以文學正氣勸他放下屠刀立地成佛。如果不幸無法降魔，也好來個三十六計走為上策，他日擇期再戰。

　　沒想到，這位我心中的大魔王出乎意料的和藹可親，在他的自我介紹中，每字每句，都散發出深厚的內力。他是宋彥雄教授，中國古拳法的傳人，他之所以會來到臺東，是因為他想宣傳人人有功練的濟世思想，另一個原因就是因為他和小龍女已經決定退隱江湖，不過問世事。聽完他的自我介紹，看來，我的確是輸了，但事實上他還不知

道我的底細，媽媽常常告訴我，我是百年難得一見的文學奇才，每當我的作品被別人批評的一文不值時，只要睡一覺，隔天我就會忘得一乾二淨，而且臉皮也會越來越厚，所以，我決定抗戰到底，把這堂課上完尋找他的破綻，就這樣我全神貫注的用血輪眼拷貝他的拳法精義。

剛開始，我以為這位魔王會語出驚人地說出獨一無二的心法，結果宋教授只說要我們凡事從最基礎做起。他說，人最大的敵人是自己，常常我們會自以為事情很簡單而不去思考，這是他所教的第一式，這一式就像拳擊王一步的右勾拳一樣，徹底打敗了我，一句話就打破我對防身術的歧解，原來防身術並非是我們想像的一個馬步或是一套拳法，它是一個整體的概念，由五行調合建立起健強的身體，從最根本的地方開始保護自己，由內而外自強不息。至於馬步和拳法，只是龐大概念中的一小部分，而且它還延伸到待人處事的道理上，在此之前，我還短淺的以為自己已透徹領悟防身術的每一個拳路，至此，我已決心從師，虛心的領會每一個觀念，我開始了解到，我將學習到的或許不是早晨的喝喝哈希，而是用著雙截棍的真功夫！而功夫則是由日常生活的最小部分做起，健強身心、強健體魄、然後再維繫人與人的關係，這就是中國古拳法的第一式也是最後一式，萬佛朝宗。

從最淺來看，這是一門獨門的學科，教導我截然不同的學問，學習保護自己，這在眾多學科當中可謂之獨家。試想某天當自己遇上壞人，而自己身上又沒有玩具槍時，我會很高興當初修了這堂課。此時當我拿出雙截棍對著壞人的頭喝喝哈希，我會非常欣慰我的學以致用。再從深一點來看，在這個課程中我們學到的養身之術，它能讓我保有健康，等某年我過了百年大壽後，當我又遇上當初被我打的頭破血流的壞人時，他絕對想不到，我還有力氣再度甩起雙截棍讓他頭破血流。最後當我已老到躺在病床上時，這個壞人持槍挾制我，我還可以用這堂課中教我的人生道理，勸他放下屠刀立地成佛；這些，都是我當初學防身術的功勞啊！

如果我們一直把自己侷限在專才學科之中，而忽略這個宇宙的其他知識，那麼，我們將喪失生命中許多不同的可能性。每個通識課程都是通往不同世界的大門，你必須親自去敲敲它，大門才會為你敞開。此時回顧我在上這堂課之前，那種只學專才學科的想法，我不禁暗笑自己的过，原來早在我進門的同時大師就從思想上給了我一個過肩摔，他早已看穿了我以專長「文學」為主的狹隘想法，在我們最常忽略的通識課程上給了我們衝擊思想的致命一擊，原來在專才學習的拳法下，還有許多未知的獨門武功，而未知往往就是在我們的自以為下，失去學習的機會。

專才固然是一門學問，但就像筆一樣必須有墨相輔相成。通識就好比墨一樣，越是純厚，寫出來的字就越黑越美。專才又好比太極一樣，需要跟通識陰陽調和才能無懈可擊，由此，才能完成學習的健全。這樣的通識課，使我在大師的提點下，學習到我以往所接觸不到的知識，很多都可能改變我的一生！

這是一堂防身術課、這是一堂人生教育課、這是一套中國古拳法、這是一套獨門的致命武功！

「愛的能力」

佳作　語文教育學系／蔡淑仔／服務學習

　　曾幾何時，熙來攘往的人潮中，出現幾個讓人眼神略微停留的身影，在紛忙生活的催促下，我往往迅速的轉移注意力，選擇以冷漠來回應炙熱的內心，而他們，是特殊疾病的孩子。幾乎在每一天，我們的愛心都接受著類似的考驗，然而，我們對於「付出愛」還是顯得極不精通。事實上，我們在與人競爭上遠比付出愛還要拿手，在本能和野心的驅動下，我們會立即做出反應，務求達標；但在籌劃如何愛另一個人的事上，就差的遠了。

　　2007 年的秋天，我選修了通識課程裡的服務學習，並違背了自己的害怕，投入服務救星教養院的陣容。我決定，一掃心中的障礙，不再只是躲在舒適區裡，懷著悲天憫人的胸懷觀看特殊疾病的孩子，而是以行動表達對他們的關心，實地去了解他們的生活與需要。

　　我服務的時間多半是星期六日，孩子們平常的生活模式，比我想像中的自由，只要有人帶都可以出去走動（針對比較能走路的孩子），並不是一天二十四小時都被關在居住的地方。院內彷彿就是一個溫馨的家，一點也沒有「醫院」的感覺，而且你會發現院內處處向小孩子敞開呢！例如：每扇門都沒鎖（甚至是車門），讓小孩子在有人看顧的狀況下可以自由的探索事物。還有一回，在餵他們吃蛋糕的時候，赫然想到，他們所吃的食物比我想像中的「平凡」多了，並沒有特別的清淡，而且孩子們都很喜歡吃，幾乎不會挑食。

　　還記得第一次，被一個陌生的孩子差點撲倒，感覺有點怪異，孩子的熱情真的是超乎我的想像。本來以為去那邊可能是幫忙看看小孩、餵餵飯，結果一到現場就要帶小孩出去散步了，那時的我並未完

全除去懼怕，深怕自己一個疏忽就會造成不可彌補的遺憾，因此，整個服務的過程緊張到頭腦彷彿要打結了。回家之後反省，我究竟是怕「人」還是怕「事」？我想，這是我心態上需要突破和調整的地方吧！因為我好像兩樣都會怕……，但是內心卻又有想幫助人的使命感，因此有時候會覺得自己很無力，能幫助他們的地方又真的是少之又少……。但隨著服務次數的增加，我發現，原本以為自己可能會無法負荷這群孩子或跟他們大眼瞪小眼，但事實顯示一切都比預設中的要好太多了。

在服務的過程中，我發現他們的力氣很大，且有強烈的生命力，沒有原先認知的柔弱。可以走動的孩子通常是精力旺盛的，並非原本想像軟趴趴的樣子，即使行動不便，對事物的好奇程度也並不亞於其他正常的孩子，常見他們在思考，比我想像中的要聰明多了，觀察他們對於老師們的態度和反應就發現他們的智商定不比其他孩子差。

以小潔來說，她很喜歡拿著故事書向我說故事，不過就我的角度來看，她都是在自說自話（因為她把「捷克與魔豆」說成了「小女孩與巨人」，其內容真的是完全——看圖說故事），不過也不能怪她，在這當中我學習順從她的想像力去發展這個故事，就連我在說給他聽的時候也要注意，不僅是照原本的故事內容走，也要學習順便融合他內心的想像。還有一次，當我和阿芳說我帶完小靜回來之後會再帶她出去散步，想不到阿芳就坐在門口等我而不去做別的事，回來的當下真的很感動，她對「諾言」的看重與堅持，真是超乎我所想像。至於，我說他們力氣大的原因是因為，每次帶他們出去散步回來之後就好像打了一場仗回來，他們總是用那有力的雙臂試圖把你拖去他們想去卻不能去的地方。……，許許多多說不完的故事，促使我在與他們相處的時間裡，學到了不少功課。

值得一提的是，這裡的修女和老師們因為知道教養院資源有限，所以不時細心觀察、激發創意，創造院內孩子需要的用具，讓我深深學習到，除了要讓自己具備觀察敏銳的能力外，更要不時腦力激盪，

從日常生活中挖掘實用的器具，成為別人的幫助與祝福。有一句讓我印象最深刻話，是美華老師所分享的，面對那裏的孩子，所持的心態應當是「溫柔的堅持，瘋狂的忍耐，完全的愛」。我想，這應該是我終其一生都要學習的課題吧！在和他們同工的過程裡，得到許多與院內孩子相處的方式，不是書本上都可以找到的，而是他們長久以來累積的經驗傳承。他們因著愛，不惜放下自己可以更多享樂或追逐其他夢想的時間，為的就是陪伴孩子走過艱困的人生路程，這種精神或許是我學習不來的吧！反觀我們做服務，多半為的是上課，為的是增加自己的經驗，為的是要「學習」，不曉得，有多少人（包括我在內）像他們一樣，是單純因著愛和感動來照顧他們？因此在服務的時候，我會不斷的提醒、問自己，準備好要去愛他們了嗎？而不是把它們當作例行的工作而已。

　　課程實習的最後一天，本有一種如釋重負的感覺，但是又有點依依不捨，離開之前，再次把每個熟悉的名字叫一遍，認真的跟每一位孩子說再見。說實在，心情有一點複雜，不曉得下次來這裡服務是什麼時候，或許，忙碌的生活或許會讓我暫時忘記這些需要陪伴的孩子，我，不能保證，我什麼時候會再來，或……下次會來，但我會努力記得，曾經在這裡的一切，有這些孩子曾經教過我的固執與堅持。這天在他們牆上發現有一段標語人概是這樣子的：「老師，不要生氣了，請用更多的愛心與耐心帶我們，只因為我需要你們。」是丫！孩子需要我們，雖然有時會覺得自己沒做多少，但是「時間」卻使我有機會在他們的生命中作對話。記得有一次服務完，準備回家的時候，小潔一直問我是不是明天要來，我說是星期六，她馬上又說：「星期天要來喔！」那種依依不捨的表情實在令人憐愛，也令我印象非常深刻。

　　藉由服務學習這門「課程」，給予我適當的壓力，促使我有更多的思考。如果原本快快樂樂的做義工其實也不是不好，有強烈的愛和感動去支持所呈現的服務，其功效不可抹滅。但是，因著「課程」的

關係，會讓我更加努力的去「記憶」服務過程的一切收穫及缺失，也因此更完整的記憶了自己生命成長的一段重要的過程。不過，這個課程對我而言最特別的是：它不僅僅是知識上的灌輸而已，而是操練自己愛人的能力的一個機會。

在一次又一次的服務過程中，愛，顯然開啟我的雙眼，使我見到一直在匆忙和冷漠中被人忽略的事實；在一次又一次的服務過程中，愛的能力不斷在我的心裡面擴充，且在不知不覺中補足了我的缺乏。對我而言，這真的是一個很特別的學習機會。

「現在，該是時候學習愛了，當我們在為每天擬定計畫的同時，也試著排點時間，去磨練我們最笨拙的部份——愛。」

～引用自「校園書房出版週曆手冊」

「惜浪」

佳作　社會科學教育學系／侯佳宏

　　哇！臺東終於到了，雀躍的心在晃動的臉上表露無遺。延著南迴出達仁後，映入眼簾的，是西部無緣的壯闊。順著公路北上，海風狂勁，吹嘯著筆直的道路，行經溪流出海擴張處，小小的三角沖積，是一點一滴的生意盎然。路上時有小紫斑蝶飛過，燦爛的身影，不停地在我腦海中縈迴；成群的海鳥，在海面上追逐著水中的魚蝦，時雁時刃的隊形變化，隨時就是致命一擊。轉眼間，白浪挾東風以撲天蓋地之勢，飛瞬掩面而來，頓時風起雲湧，彷如颱風來襲似的。行至知本，雲已淡，風已輕，海風吹過沙灘和稻田，已不在驚心動魄。第一次的相遇，臺東的海真美！

　　在臺東的日子裡，東風時吹來得陣陣快意，常讓書桌前的我，不自覺徜徉在藍天大海中。大海不僅孕育了許多生命，還是調整溫度的高手，像臺灣四面環海，更能感受到它給我們的影響。隨引力變化的潮汐漲退，豐富了海岸生態多樣，深闊的汪洋世界，隱藏著許多不為人知的秘密，一塊難以揭下的面紗，竟是那最真實的路面延伸，讓人不禁聯想，海會不會是我們另一個家呢？但海一定會是漁民們的家，因為他們以海為天，以漁為生，所以海對漁民而言，是猶勝遮風蔽雨的。而島國所擁有的海洋資源，更是人人所爭奪的寶貝，經濟海域更是錙銖必較，誰都不肯讓誰，可見海多我們的重要性，有時捕獲量較高時，經濟收入也是頗豐，但隨著漁業資源的枯竭，環保團體的抗議，從事漁業捕撈的這些漁民，跟從事觀光休閒的旅遊業，正呈現一種消長的現象。觀光可以帶入遊客，同時也可以有經濟收入，若發展生態旅遊，則可以保護這片我們賴以為生的生命之母。所以轉型發展也成

為了一種趨勢，尤其是生態旅遊，更是近年來旅遊業成長最迅速的一塊，因為它非常符合各界的需求，所以不管公私機構各方面，都常會看到它的身影。

　　其實我們住的地方，就有一處被我們所遺忘的世外桃源，沿著臺11 線北上，就可見一道彎刀型的明月，彷彿被烏雲所遮掩，每當大家經過這時，只會看到這突兀聳立的建築物，而無緣背後的碧海青天，恰似東海岸的滄海遺珠，不僅在地人逐漸淡忘，外地人更因海水浴場的關閉，消失了這片燦爛的沙灘。其實杉原海域原為全國水質最佳的海水浴場，加上有南礁及北礁兩處珊瑚礁的固沙影響，使得杉原的沙灘並沒有像花蓮磯碕一樣，沙子一直在流失。擁有媲美綠島蘭嶼的海洋生態，以及地方特色濃厚的海岸阿美文化，加上近年來環保團體的禁漁保護，使得此地的生態保育的非常好，你能想像數以千計的豆仔魚跟雀鯛游到潮間淺海跟你做最親密的接觸嗎？而這保育後的成績，但卻因為政府的種種問題，在近期又開放了禁漁令，從前的海水浴場，也早被迫轉租給財團來建渡假飯店，營運在即。在臺東縣積極發展觀光旅遊的同時，是否還記得曾有這一塊後山淨土，等待著我們來探索及發展，還是就隨著時光飛逝，在最美麗的破壞下消失？

　　海也是有脾氣的，惹火了它，滔天巨浪可是一點情面都不留的，所以我們一定要好好地愛惜它之外，在做任何有關的活動時，都要格外的小心，做好充分的準備，行前的天氣預報，過程中的安全，都是非常重要的，千萬不要輕視大海的力量。也因我們的濫捕，造成漁業資源越來越稀少，以往在海邊偶爾就能看到海豚在海面上自由跳躍飛旋，現在搭船出海都不一定看得到，更遑論鯨魚了。而漁獲量之所以會有委縮的情形，除了過渡的捕撈之外，不分大小的流刺殺手，更是這些小生命的惡魔，一旦遇上，幾乎沒有逃脫的機會，不是被世界遺棄，就是成為我們口中的佳餚。而發展觀光，帶來經濟效益，同時也帶來了環境的衝擊，要如何在經濟與環境之間，尋求到適當的平衡點，是一個值得我們好好來深思的一道問題。

　　開學前夕，我有次跟學長們及老師跑到杉原南礁浮潛，下水游沒不到一分鐘，就發現一隻卡網的豆仔魚，費了九牛二虎之力幫它脫離危險後，一旁釣客，卻虎視眈眈的在等待他們的獵物，其實這片大海是屬於我們大家的，只要不是刻意去破壞它，人人都有享受大海的權利，同時我們也應該負起的保護它的義務，讓後代子孫們也都能見到當前盛景，財團的破壞，我們或許無力去改變，但大家對大海的定位及保護，卻是我們可以傳給大家的認知，並和眾人一起來溝通的。海是屬於大家的，興衰成敗，終看大家對海的態度與行為。

　　農曆七月一日，阿美族聯合辦了一個「去鬼月」的活動，活動的前一天下午，我躺在沙灘上許久，讓海水不斷拍打我的心鎖。那日，我看到了記憶中最乾淨的杉原灣，其所顯示的意義，不單單只是當地人很重視這個活動，更深一層地，是團隊合作的力量，一天就足以改變我對這沙灘的印象，如果可以善用這份力量，把這股對海的熱情與珍惜擴散出去，或許藍色珊瑚礁世界，正在我們眼前！

「後山」

佳作　社會科學教育學系／侯佳宏

　　在臺東，我看到美麗的烏雲遮掩了彎刀月灣的光芒；在花蓮，我聽到蘇花替代道路要鑽過層層峰巒；在後山，風吹來了山前人的莫名壓迫，這片淨土正不停地被污染，驚慌的單純上，淚水早已拋之腦後，彷彿是一隻即將被大野狼吞噬的小綿羊。或許我們都曾經是那隻野狼，站在高處，虎視眈眈地瞧著這塊肥肉，但牧羊人可能也早已準備好捕狼計畫，等待這貪婪之狼……

　　後山的環境，大概是山前客最嚮往的。奇峰異巒，讓登山者趨之若鶩，徜徉縱谷間，兩旁青山綠水，綿延上百里，時雲霧紗紗，時又藍天無雲，春夏秋冬的更迭，讓人回味無窮。壯闊的大洋，有灰，有藍，亦有黑，沙岸上，海風徐徐淨人心；岩岸上，驚濤駭浪動人弦；夜坐黃金海岸，一輪明月雙月影，星空點點銀河流，一時淡盡塵囂俗事，惟留純粹的自然。

　　一次我好友從高雄來臺東玩，身為半個地主，也當起導遊，帶他走的花東縱谷跟東海岸。臺東其實是很有發展觀光的本錢，一路上，看到鹿野的茶園風光，徜徉關山的單車環道，享受池上的歷史便當，繞過玉長公路的海岸山脈路段，入眼的是一望無際的藍色世界，三仙臺的傳說，水往上流的奇觀，小野柳的地質，成功地為後山做了一個小小的宣傳，或許我還稱不上是專業，能夠影響的也有限，但若人人都能站出來，為這我們暫居或久留的土地盡點力，相信一定能為臺東帶入觀光的人潮。

　　後山的文化，隨著歷史不停地再追逐，一直將不同的面貌呈現在我們眼前。而那不斷蛻變的外殼，是一層又一層的記憶。從最原

始的長濱，多樣的原住民部落，以至各地來的漢人民族，還有甲午後的日本人……，交織出一片燦爛多元的文化，相較於西部濃濃全球化，更顯現出在地化與全球化融合的特色，但這些可能都即將成為我們的回憶了。

　　現在的後山，有很多部落都面臨著文化失去傳承的問題，主因即在於區域認同的問題，其實全球化跟在地化並是不矛盾的，但如果連在地人都失去了對這片土地的認同，部落就會像失了根的植物般，枯萎，凋謝。所以要鞏固後山的地方文化，在地認同是非常重要的一環。而目前教育的兩大方針，除了重視學生全球化的視野之外，本土化的教育也是不容忽視的，只是後山的各個部落，各自有其特色，在不符合成本及人才不足的情形下，多是荒廢的狀態，或許環境能增加外來人落地生根的意願，但要一個已經有別的文化的人，再來傳承這文化，還是有些地方會有差距，這也是後山現在面臨的一個大考驗。

　　隨著北宜高的通車，宜蘭漸漸成為了臺北的一日生活圈，回憶也慢慢地被人臺北給吞噬。後山的文化在主流文化的強勢進入下，消失無形。生活消費的提高，更使許多當地人難以在自己眷戀的家鄉生活，而必須到其他地方去謀生。這或許是當初設計時，所始料未及的，但如今又要繼續開建蘇花替代道路，前車之鑑，歷歷在目，無論開發後的發展如何，文化與環境的消失及破壞，一定都是這條道路上，必須付出的代價。

　　花蓮作家顏崑陽教授在課堂上，說了一句他的理念，「我站在那裡，那裡就是中心！」當場震撼了我。相較臺北，臺東雖然是邊陲之地，但若與蘭嶼相比，臺東又變成核心了。所以不管你誕生何處，來自何方，只要能認同腳下所踩的這片土地，關心這片土地，會希望後代子孫也都能看到後山這片自然美景，那我們都可以大聲地說，「我是後山人！」。

「回轉像小孩」

佳作　社會科學教育學系／蔡淑仔／兒童文學

靈感，來自一顆單純而無雜亂意念的心。此時的我，或許稱不上文思泉湧，但順著思緒的水流，藉由文字的表達，得以在紙張上盡情揮灑。我為何如此著墨？因為這一篇文章就是如此開始的。我發現，當我把兒童文學這門課想的複雜而困難的時候，我無法寫出對這門課的認識和學習。但是，當我打從心底降服，回歸於一種單純思維時，來自於兒童文學的靈感便開始源源不絕的湧現。

回憶第一堂課，老師很認真的跟我們討論什麼是兒童？什麼是文學？大伙兒天花亂墜的說了很多不同的觀點及自己的看法，但可惜的是，我迷迷糊糊的結束了這第一堂課，因為顯然答案還沒有出來，而所有的觀點又似乎都有些道理，經過老師問題的切入後，所有的可能正解變得更似是而非。因此，下課之後，在腦中盤旋的盡是一堆不明了的問號？說實在話，這種上課方式，一開始對我而言是有些害怕而深感不安的，因為所有的討論似乎都沒有一定的答案。在以往的學習模式中，就是不斷地塞塞塞，努力把一堆知識努力塞到腦袋。而老師所告訴你的，也幾乎都是肯定句，因此在不知不覺中，養成了我們的學習方式偏向「學習的是什麼」，而不是「如何去學習」的習慣。我們通常要的只是前人所留下的結果、結論，很少去注重思維的過程，也很少自己去統整，使之成為自己思維的一部份，尤其是在一些名詞的定義上。不過，經過了這一學期的磨鍊，我開始學會抽絲剝繭的去思考所學內容。不可否認，那真的要花比較多的時間，但卻能使學習更為扎實。而且，也讓我不再害怕這種上課模式，雖然上完課之後會有一種腦細胞瀕臨死亡一半的感覺，但這代表當天有去努力學習、思考過，令人頗為興奮。

　　另外，問答和分組討論的上課方式，使學生和老師、同儕之間有更多機會可以互動，但可惜多數的同學們（包括我在內）似乎都屬於較羞澀的類型，很多時候，老師丟一些問題給我們，並不是我們沒在想，更不是沒在聽，而是不知如何去表達。或許是，想不出來（這跟對文學的敏銳度有一點關係），抑或是，怕自己會說錯。如何能像孩子般，毫無顧忌的勇於表達自己的想法，這是我在這學期當中，甚至是往後大學三年多的日子裡，極需跨越的障礙吧！在課堂中，老師提供許多有趣的作品讓我們閱讀，並試圖引導我們去建立兒童文學的思維觀念，經過多次的練習，增加了我對文學觀察思考的敏銳度，練習看出字裡行間的意義，學習如何去抓住重點，了解作者的想法，最重要的是，藉由那些作品，更貼近「童心」。

　　藉由這學期的兒童文學課程，也矯正了一些我對兒童文學暨存的刻板印象和錯誤觀念。因著科技的進步，有關兒童的文學著作已不再侷限於書本地認識，而是有多種載體的呈現，如：網路、光碟、紙板書……等。還有，第一眼看到「少年小說」被排在課程裡，心中不免有個疑問，我學的不是「兒童」文學嗎？但是因著課堂中的討論，我得知兒童的領域其實並沒有想像中的狹窄。還有，兒童文學所涵蓋的領域並非只是文字上的琢磨而已，而是包含圖像表示、歌謠……等。還有其內容的表達方式是非常多元的，不僅是我一開始想像的中文的部份而已，也涵蓋了臺語、客語、英文……等，幫助我對兒童文學這門領域大開眼界。

　　不過最令我驚奇的是，原本以為的兒童文學課程，就只是欣賞純文字表達的作品而已，了不起就是有一些插畫內容以提供孩童興趣而已，萬萬沒想到，課程的安排裡竟然有「詩歌戲劇演飾競賽」這一部份。回想從開始準備到正式演出的過程當中，從剛開始的抗拒到最後的全心投入，充滿著酸甜苦辣的回憶。我們組員間的合作可說是非常的人盡其才，我很慶幸自己能與他們同組，也很感謝他們願意支持下去。過程雖然有些意見不合，甚至是有人想乾脆放棄，

但還好，這一切都度過了，而且，所呈現的效果出乎我們意料之外
的好，增加了大伙們的信心。我們所演的戲是「灶王爺的故事」，看
到大家幾乎都使盡渾身解數的將最好的一面呈現給臺下的觀眾，覺
得很感動。我們那幾天一起熬夜做道具、排演的日子終於有了回饋。
我想，若抱持著演給小孩子看的心態，那種感覺應該會更不一樣吧！
雖然因為時間的關係，使我們沒有做很完美的準備；但也因為時間
的關係，使我們能快速達成這個看似不可能的任務。這真的是一個
令人難忘的回憶，經過這次，我們這組一致認為，這是在整學期中
最有趣最好玩的一堂課，獲益匪淺，成就感不小呢！也因為這個活
動，我瘋狂閱讀了很多的臺灣民間故事，而這些故事我竟然都幾乎
不知道或沒聽過，所以，藉此了解更多有關臺灣民間的傳說，算是
另一種收穫吧！至於詩歌的部份，讓我們練習了我們平常有點陌生
的閩南語，不過感覺其實還挺親切的，雖然一開始會饒舌，但唸過
後發現其表達頗具詩意，有一種很特別的味道，讓我想起高中的國
文老師說過，他的大學教授曾經放了一捲錄音帶給他們聽，其內容
是「黃河之水天上來……」那首詩的河洛語（有點像現在的閩南語
吧！）吟誦，聽起來更接近古人意境。

　　最後，在期末的報告中，要求我們自己去圖書館找一些有關孩童
的工具書。在那過程當中，我不僅看了工具書，還發現了好多很好看
的書。雖然，那些書顯然是為孩子而編輯的，但卻非常吸引我。不論
是介紹自然事物，或是涉及人文藝術……，果真都是淺顯易懂。而且，
有些還是我們長那麼大都還不知道的事物，讓人有種衝動想在那裡把
他們讀完（一方面可能是因為，我是屬於好奇寶寶型），我想，如果
我在小時候就把那些書看完吸收完，說不定可以成為天才兒童呢！另
外，還發現了我小時候很喜歡看的一些繪本，非常感動。記得小時候
看他們的時候都是一大本的，現在看怎麼好像都縮水啦！讓我不禁聯
想到，在小孩眼中的世界裡，所有的東西幾乎都是龐然大物呢！若以
他們的角度看兒童文學，閱讀那些我們覺得已經是淺顯易懂的書籍，

對他們來說，或許都將只是一個個的抽象概念。藉由這個尋找書籍的機會，我更為貼近「兒童文學」這領域作品的核心，這也可以算是最後一堂寶貴的的兒文課。在那當中，沉浸在兒童的世界裡，真實的用孩子的心去看他們的讀物，獲益良多。

　　或許，我當初修這門課的動機是不足以成為動機的，若不是共選必選這一個規定，我可能會對此門課怯步，但是我終究是選擇了它，並發現我還蠻喜歡這門課的內容。個人認為，要將這門課學好，或說這個領域的知識作最有效的吸收，其最佳的訣竅在於，我們能認真的回到小孩子的思維模式，恢復我們的「童心」，如此才能在閱讀有關兒童文學的著作時與作者「同心」，也就是回到這篇心得的原題-回轉像小孩。這是經過一學期以來的學習所得到最深刻的體悟，也是從兒童文學這門課裡得到的真實感動。

學程徵文

「補救燦爛星辰」

第一名　語文教育學系／顏敏如／補救教學

　　為你寫詩，為你請旨，為你做不可能的事，為你我學會補救教學學程。臺東，一個在東方固守著美麗海岸線的城市，連綿萬里的中央山脈，讓臺東跟繁榮南轅北轍。就在這塊地方駐守的臺東大學，不只培育優良的師資，還為了讓資源較落後的臺東的小學也能有相同的教育內容，特地開設了補救教學學程，讓我們可以學到對弱勢學生的專業教育方法。

　　淡籃的天空，鑲著大大的太陽，讓世界很美好，但仍免不了一朵朵潔白的棉花糖相伴，在這幅名叫天空的畫裡增添些柔和。大學生除了自己的專業領域外，還是必須選擇一門自己也有興趣的發展，人的潛能是有待啟發的。而很多期待的小眼睛，是你努力去學習做到最好的動力，當我看著那一張張笑開懷的小臉蛋，在課堂中，我感覺一切都是無價。

　　冷氣機轟隆轟隆響著，我的眼睛片刻也不離開，手上的機密文件，一份尚未發表案子，我深感榮幸的讀著，真是厲害的研發，跟市坊上所流傳的教學指引相當的不同，而現在我正學著如何再製作出像這樣的一份文件。可預期的是這樣的一個案子，如果發表了將會掀起一股多大的風潮，首先試用的人類必定能享受到其中的學習樂趣，讓沉重的書不再壓著嬌小的肩膀，營養午餐吃起來也比較營養了。於是我認真的學著，從基本的設計生字新詞到文章結構分析，每一道門檻所涉及的是小學生大腦組織的建構與完備，我們所要輸入的檔案是日後蓋大厝的基石，因此每一種材料都要經過審慎的思量，老師在臺上奮力的拋磚，就是希望引出我們更新的創造力，讓這些新思想注入一份一份的機密文件。

　　這麼大的一件行動，組織相對也越加龐大，教務長都親身蒞臨現場指導。這份文件所要應用的對象是經過挑選的小學生，因此診斷與評量的知識就很重要，當各種公式陳列在黑板上時，我出神了一下，應該是在想達文西密碼的保密筒，這時老師用關愛的神情將我從黑暗逃亡中救了出來。

　　他說：「累了可以休息一下，但現在不學如何開啟檔案的鎖，何時才能打開文件發展！」老師關懷不帶指責的勸告，讓我晃漾的心，乘著老人與海的船漂泊回來，我趕緊將筆歸回筆記紀錄要件。偷懶中，我竟然遺忘了那些需要幫助的小學生們，正在太平洋畔背著難解的象形、指事符號，跟加減乘除努力奮戰著。我一定要將這份解碼的檔案，用來豐富他們的心靈，讓他們知道學習的有趣。

　　當我站在講臺上時，我感到不可思議，看到 6 個小學生開心歡樂的眼神時，我感到熱熱的一股暖流打從身體經過，原來秘密文件就是這麼實現，真實地擺在我眼前。原本課本裡的字對進度落後他人的小學生來說，無謂是一隻會咬人的毒蛇，啃咬著他們肉骨、剝削著他們的精神，當他們還來不及看看彩色的大地、維妙維肖的山川時，眼睛裡就已經佈滿了艱澀難懂的字彙、語詞，他們不會自行分解就只能生吞活食，而我們的任務在此時就顯的重要無比了。

　　我們將秘密文件中所帶領的方式，應用在學童的身上，奇妙的是每一種活動設計、課文理解，好像都變成盪鞦韆、溜滑梯，小學生學的快樂，我也覺得有成就，這無不都是在顯示這些文件的重要性與珍貴感。

　　補救教學學程給了我機會能到國小裡實習，這是一種另類的教學，盡信書不如踏出教室，親身實踐假設，也讓小學生能夠得到更多更精緻的教學資源，而由大學生進入教室進行補救，我想孩子們一定覺得親切可人很多，這麼近的距離，對傳道授業到更是個大好機會，因此補救學程的設立就是在這個機會中加了劑強心針。而且幫小學生上課之餘，自己也可以教中學，更可以順便打工，大學的

開銷應該很巨大吧，錢就像火苗一般無限增長，是該時候攢點錢到誠品消費了！

　　其實學習最重要的一帖秘方，無非是自己的再加工運用，學程給的是一道華麗質感的絲綢，但是量身剪裁的卻是由我們自己的付諸行動，結果的成效往往直接影響到活生生的個體，你說學的時候令不令人興奮？又教的時候發不發揮百分百的實力？古代有孔子的有教無類，現在有我們將較弱勢小學生分類出來，設計一份秘密文獻因材施教，想找到這份秘密文件，看蒙娜麗莎、岩窟中的聖母、最後的晚餐畫作，是找不出端倪的，唯有到補救學程裡徜徉，才能挖掘到藏寶圖。我忘了說，最美的是你加入的名字。

「於創意間」

第二名　語文教育學系／連姿鈞／創意研發

　　對於「創意」你如何去定義？每個人對於創意的解釋也許不盡然相同，但如果創意可以定義或者去解釋，那就不能稱為創意了。可是，你相信每個人的心中都有著「創意」嗎？你相信創意可以培養的嗎？如果創意不能培養，那就犯不著開這門學程了。

　　對於這樣的文宣，隱隱存在著某種挑釁，毅然決然的參加這門學程，決不是心血來潮，而是想看看葫蘆裡到底裝了什麼藥！投了報名表，接著居然接到了面試的通知，心裡著實嚇了一跳，誰會想到參加學程居然還要面試，這可是頭一遭遇到，於是抱著忐忑不安的心情硬著頭皮去面試了。面試分了梯次，每一梯次抽到的主題不同，根據主題去發想，並且在幼教系的情境室中拿取所需的材料，做出符合主題的呈現，面試時，除了佈置所給予的驚艷外，並開始說明創作理念、發想的過程、其中的物件各有什麼意義……等問題，其實不需要太複雜，只要將你所要表達的理念或意思完整的表達即可，後來面試通過後，開始了我的第一堂創意學程課程了。

　　在上課前，大致去瞭解這個學程開出了哪些課，有些課程名稱可真是相當吸引人的，不過從這學期開的課，選了創意與體驗來做為第一堂課，其實真的沒有存在很特別的因素，就是一種好奇加上衝動罷了，在興奮的心情驅動下，第一堂課開始了，一開始老師談了許多創新，接著開始安排接下來的上課的行程，其中有些課程開始讓你覺得驚奇，包括：史前博物館遊記、溯溪、LEGO 組件創意體驗、公東機器人創意體驗、登高鯉魚山與分享，看看這些名稱，雖然暫時還不知曉葫蘆裡的變化，但大略的初步構想，早已深深的吸引了來上課的同學。

　　從這些活動當中所給予的創意分享，將一一闡述，從溯溪活動來說，溯溪包含了游泳、攀岩這兩種主要項目，當我聽到要游泳時，我的臉色真的只能說是綠掉了，天知道，我的游泳技巧根本是待加強，不過這項體驗對我來說是難得地機會，於是在興奮大於恐懼的狀態下，參加了這趟溯溪活動，由一開始整裝說明後，踏著興奮的步伐前進，在前進的過程中，有許多的情況是需要團隊合作的，那種伸出援手、對人幫助的感覺是很棒的，猶如在黑暗中的一線光明；遇到深水區需要以繩渡過時，我只能緊抓著那根繩索慢慢的漂浮過去，經過幾次的動作後，漸漸的不再恐懼，反而放鬆了身體漂浮而過；在攀岩的部份，有時候因為沒抓牢、不注意而跌倒，卻總不以為意，仍是拍落身上的髒污繼續前進，最後到達一處瀑布處，料理午餐，伴著大自然的美景享受那一刻的清涼，幽靜的深山中有一種說不出的舒適，那是我們執意前往的結果，而這個結果頗令人高興的，那一刻瀑布的流水生、陽光、清風的拂曉都令人心曠神怡，在這項活動中，看見的不止是眼中的世界、還有別人幫助的精神、堅持的精神、挑戰與勇氣。

　　從 LEGO 組件創意體驗來看，相信大家一定知道這項好玩又充滿想像的 LEGO，它是許多小朋友幻想、空間、設計的起源，LEGO 的每一種零件或者組合項目都有其特殊設計，根據不同的特性去做變化，在這項活動中，一開始隨意玩玩，似乎要抓住什麼概念，或者是一種形體的不同，最後拼組一則故事，我們組合了奇怪的生物拼揍成一做奇妙的花園，也有他組作成麻將桌、中國樓塔、高聳的建築⋯⋯等，在相同的條件下（同性質的零件）卻能創造出各個不同的故事和呈現，在這項活動中看見在相同條件下的不同思考角度、設計的美感。

　　從公東機器人創意體驗來說，我們跑到了公東高工的專科教室裡進行了難得地體驗，從一開始的組件，寫程式，到創意裝飾和最後的競賽，這過程中充滿對未知的挑戰，這項東西是我們從沒實際去碰過的，而我們何其有幸能夠實際操作，甚至依個個的拆解，卻沒有人去

責怪，這是很令人振奮的事，在這項活動中，最具挑戰性的事便是寫程式，我們必須設定其環節讓他能按照指令去執行，我們一次次的重寫程式與試驗，到最後的成功，那種喜悅是無法言喻的，從這項活動中，看見一種不服輸的毅力、堅持和大膽的設計。

從登高鯉魚山與分享來說，這堂課在清晨 4 點開始，地點在鯉魚山，從沒在這麼早的時刻清醒過來，卻因為這堂課的原因強迫自己早起，原想就此放棄的，但想想還是去看看好了，而這樣的行動後的結果，讓我覺得不虛此行，當我們出發前往鯉魚山的途中，四周仍是一片漆黑，天空中還掛著些許星子，乘著車冷風從身旁呼嘯而過，充滿冷意，接著踏上鯉魚山，石板、碎石、木造梯子不同材質環繞著鯉魚山，一直到休息的涼亭，看見了地上最美的星星，當然冷風依然放肆地在身旁呼嘯，但卻覺得身體暖暖的，後來要返回集合原點時，老師提供了兩條路供我們選擇，一為平坦的大馬路另一條則是充滿挑戰的好漢坡，當然選擇哪邊都沒有對錯，只是要你去思考，選擇哪一條路都有你要負責和承擔的風險存在，在未來要前往的路就像如此；從這項活動中，我看見一種堅持的信念、一種躍躍欲試的感覺、更有一種選擇的勇氣和承擔代價的能力，在大膽創意上這些元素的應用是無可厚非的。

這堂課給了我相當豐富的啟示，那些看似瘋狂的舉動背後，隱含了許許多多的思考性問題，很多事情並非我們所想的如此，我們認為的理所當然，其實在創意家的眼中卻是一種不平凡，他們發狂的腦中整天閃著奇想，進而創造了許多令人驚艷的作品問世，而不平凡當中的不平凡該如何萃取，這就得問問創意的激發了，在這門課中我踏出了不尋常的勇氣、大膽的嘗新、不同的角度思考……等，這些大部分原自於溯溪活動和 lego 組件創意體驗，由這些活動中，除了冒險體驗、多方思考外、也透露出個人自身條件及個人自身狀態，你必須考慮到自身的體力是否能支持著你前進的條件……等，這些通盤性的考慮包括了現在當然還有未來。

　　而這學期上了另一堂課──創意與思考，這堂課大部分使用的材料便是積木，是的，記得層層疊高的原木嗎？沒錯，就是它！一開始也是隨意的抓取拼湊，但漸漸的你會發現，你所需要思考的時間會慢慢的增加，以至於到後來，老師會出了主題，讓大家去組件拼湊，不只是個人的作品外，還要跟別人合作，甚至於到最後要整理出一篇故事，並且向其他人分享其成果，在組合的過程中，會慢慢的意識到，有些的瘋狂點子總是源源不絕，有些人總會有個奇怪的執著點……等，透過這樣的分享你開始會去觀察每個人，甚至你週遭從來不去注意的現象，慢慢的你將會把周遭融入到你的作品表達中，而這些都是一種培養的過程，創意不再是大家說的是一種來自外在靈感，然後根據其天賦創造出有創意的作品，若是如此就不需要培養了，我們要看重的就是創意本身，而創意的領略都該是你親自來體會，讓自己有「創意」！

「當我遇見創意」

第二名　語文教育學系／鍾文榛／創意研發

古人云：「讀萬卷書不如行萬里路。」學習的課題上無非是親身經歷過才能體會其滋味，同樣的，當今大家都開始推崇的手創風潮，掀起了更多人對「創意」的高度興趣，然而，不實際動手參與，又如何能知道為謂手創？而其中的創意又是什麼呢？

這兩年來隨著手創市集以及更多的手工藝品打著各式造型理念推陳出新，引起了我對手創靈感尋找的動力，加上即將邁入大三實習有著更多需要翻新，與他人比腦力創意的教案問題時，我開始注意除了美教輔系之外有沒提供新手入門的學習，幸運的我同時間在學校首頁看見「創意研發學程」的招生公告，經過省核與面試後，正式成為創意研發學成一員。

在創意學程的課中，不但有基礎理論解釋何謂創意，更有著小組合作建構積木的經驗。過去的我覺得理論長長的看完後也不過是個文字敘述罷了，但在「LOWE創意」一堂課中，老師每週一章節的理論閱讀與分享，讓我了解原來創意的來源不只是個人後天的培養，父母師長的鼓勵，即使只是簡單的讚美也能讓人保持著源源不絕的靈感，然後發揮的更有成績，這樣的學習讓我體會到，同樣運用在教育上，尊重學生的表達和提供小方向的指引加上一點點的讚美，就能夠使孩子表現優的出乎我們意料之外，這部份讓我日後不論是試教或是打工時面對學生都受益良多。

另外在創意與體驗一堂課中，老師設計了很多平日我們幾乎沒機會接觸到的「體驗」課程，包含體驗爬山以及參觀史博館等等，如果不是跟著課程走，有很多的活動說真的大學四年下來可能根本不會去

做或是親身經歷，也許我們常會說有機會一定要去爬鯉魚山，但大多時候說完我們也就把他遺忘了而沒去執行。可是因為這堂課，讓我每參予一項體驗都有滿滿不同於以往的想法在腦中迅速的流串，然而我總是慢了一步抓下那些稍縱及逝的靈感，但值得慶幸的是，我已經開始讓自己停置好一陣子的腦子開始慢慢的轉動，這是學程讓我有了新的體驗和前進，沒去體驗過的事情，光靠想像也無法與實地走訪後的真正感受比擬！

創意學程開課至今，沒有錯過任何一堂課的我發現一直到目前為止，每堂課的老師都提供我們各種不同類型的積木，雖然每個老師有自己喜歡的積木類型，但共同的是讓我們藉由手動組合和小組活動中相互看見別人的創意以及提昇自己不足。連上了三堂都與積木有接觸的課，我想起日本的建築大師安藤忠雄說過：透過旅行，讓一個沒受過正式建築教育的人成為一名世界級的建築大師。我覺得經過課程的洗禮後，「透過積木，讓一個人從不了解積木有何吸引力的人成為一名靠積木尋靈感的創作者。」會是我最佳的寫照。

不管是哪種積木，到我手中我都只會基本的層層堆疊，或是照著說明書的圖像做一模一樣的東西，這讓我在小組作業的過程感到很沮喪，看著身邊的人不但能夠兩三次就快速上手，也能在短短時間內摸透積木可以做哪些造型變化而成為有主題的大集合創作，甚至經過一學期就能夠端上檯面參與全國創意大展到現場去表演和教小朋友積木。也許我自己的進步比不上同期他人那麼神速，但是從別人大幅度的進步中讓我看見許多我自己沒想到過的拼湊方式而學習到很多，不論是技巧或是想法都讓我有了很大的進步，連走在路上都會開始去觀察許多平時一晃而過的事物，就如同人說一個作家的培養就是要從生活最親近的觀察開始，過去的我總是不懂這句話的道理，走了這麼長的時日，直到今日參與了創意研發學程，透過親身體驗與成長，也才發現靈感總在無意間源源不絕的冒出來無所不在。

　　曾有堂課的老師說：「創意的一開始都是模仿，接著熟練，熟練之後才會有所創新，進而才能做更多的包裝或是後續工作。」這一句話讓我到現在都還深深記著，因為老師課堂上的一句話，鼓勵著我只要不將自己留在原地停頓，我就有機會前進並學習更多新東西，我開始回到一開始做基本功，看見喜歡的線條圖片就學習如何畫的像，看到不錯的想法就隨手記下來並加上自己臨時受到激發的想法，累積了更多平日都不曾記下的經驗點滴。

　　不論是讀理論、爬山或是積木，這些全新的體驗讓我在設計教案活動時想同樣的會想要顛覆過往傳統只針對教材學習而給學生更多，也許是學生沒機會摸到或參與過的活動，也許是大家從沒想過的玩積木活動，除了教案上的新想法之外，我甚至連做海報或是活動計劃，都開始會回想曾經有同學做個如何不錯的表現或想法，也因此在自我的作品呈現中多了許多新的手法和創意。

　　當我遇見了「創意」，我看見自己幾學期來慢慢的在成長，「沒有人能預測你能飛多高；即使是你自己，也要在展開雙翼之後才知道。」即使我說了再多學程給了我怎樣的成長和美好，如果你沒親自體認一回，怎會知道我說的是真亦假呢？坐而聞不如起而行，接受新的課程內容，也才有機會享受更多不同以往的學習體驗，不論成果好壞，獲得經驗的總是自己，不是嗎？

「原野生態技能與體驗」

第三名　社會科學教育學系／侯佳宏／生態旅遊管理

　　清晨出門時，不妨停下腳步，遠眺那蒼翠的峰巒，微亮的天空中，伴隨雲霧渺渺，如詩畫般揮毫目光所及；行經豐源大橋，比利良流下來的涓涓溪水，隨著春夏秋冬的運轉，刻劃出千奇百怪的溝痕；下課時，立身高樓處，世界第一大洋的無邊無垠，彷彿在警告我們，自然是如此的浩大，如此的不可預測，也如此的美妙。這是臺東才有的天然美景，也是來臺東讀者的莘莘學子們一個最大的享受，脫離都市的塵囂，化身這混沌間最原始的一道光芒。

　　我修的這堂課，課程安排分成陸域和水域。在陸域的室內課中，老師先從基礎知識和重量訓練開始。在上課的過程中，我們獲得了很多戶外保命的知識，以及許多到戶外應該注意到的人事時地物，其中我印象頗深的，就是無論在任何情況下，一定都要保持冷靜，安全第一，其次像出門前一定要注意天氣預報、隨時注意活動地點的天氣變化及地形起伏，以及行前及過程中，隊員的身心評估，一定要以情況最差的那個人為準點，才能降低危險發生的機會，縱使發生問題，也才有足夠的餘力做危機處理，化危機為轉機，快樂又安全的來享受自然之美。

　　陸域的戶外課有兩次，第一次是到知本林道賞鳥，專家們不厭其煩的提醒我們一些賞鳥的技術，以及觀察的方法，還有許多應該小心注意的地方，如賞鳥時不可大聲喧嘩，穿著也要儘量自然一點，以免把自由自在的鳥兒們，嚇成驚弓之鳥，因為鳥是很容易受到驚嚇的，而且一旦太嚴重，不只是攜家帶眷，而是會死亡，這點我也算是親身經歷過，所以在觀賞的過程中，亦是格外小心。

　　期中前的都蘭山之行，則給了我許多的戶外經驗。從一開始的遊覽車，我就感覺不太理想，因為上都蘭山步道的路是產業道路，坡度多在五十上下，路面又不寬，果然行經中途，遊覽車就經不起坡度的考驗，突然熄火，在發動後卻是要上不上的，最後還不停地往後退，老師馬上命令全部的同學下車，雖然有些同學不太願意，但還是都遵從老師的指示，我是第一次遇到這問題，看到老師的危機處理，一開始也是有點不認同，因為山路陡峻，許多女同學走起來可能會比較吃力，但後來在看看沒載人的遊覽車，依然是如此的笨重，甚至還滑進一旁的山溝內，這時才深深感受到，老師真不愧是洞燭先機的老前輩。

　　在步行及上課的過程中，我們安全技能組的幾個組員，因為有登山的經驗，一路飆前，馬上被老師制止下來，因為我們忘記了我們的責任是要照顧全部的人，老師安排我們一半帶隊，另一半顧尾，有任何狀況，一定要馬上前後聯絡，以顧及全部人的安全。而都蘭山步道上的植物，真的是五花八門，從熱帶到溫帶，闊葉到針葉，幾乎是應有盡有，有用來觀賞的爭奇鬥艷，也有是原住民用來當食物的奇花異草，當然也有一些外來種交雜，還有許多的昆蟲、蜘蛛、蜥蜴，一片欣欣向榮，徜徉其間，如沐日月天地之精華，幽幽古徑，一隻枯葉般的蝴蝶飛過，但草已青，樹已綠，春來草自春之理，不正如此。

　　期中過後，天氣逐漸炎熱，課程也帶入和水相關的領域，其實早在學期初，學程就開了一個「游泳訓練班」，但裡面教的，卻多不是游泳，而是在於讓我們了解如何在水中自救，甚至到幫助他人，上課內容包括基本的漂浮，抽筋自解，以及救生設備及用具的使用，我也在教學的過程中學會了游泳，並學到很多在戶外水域都很實用的技術。

　　水域的地一堂課，結合了「浮潛考照訓練班」，上了八個小時的課，內容包括海洋生態、浮潛三寶及技能應用、臺東海域分析，以及救命的關鍵「CPR」（心肺復甦術）並做了一個筆試，加上隔天八小時的術科測驗和海域實習操作，終於拿到「高級浮潛員」的執照，上

課的過程中，也認識了許多阿美刺桐部落的原住民朋友，有個因為昨前一天喝酒又感冒，游兩百多公尺就發現心臟不適，教練也馬上做出危機處理，雖然他考試的過程不順利，但至少有學到一些東西，在以後的帶領上，相信也會有加分的效果。

雖然我們拿到浮潛執照，但教練還是不停的囑咐我們，就算有這張證書，也不能單獨去海邊浮潛，最好是有救援級以上的教練來帶領，每次浮潛都要做好行前準備、觀察環境的概況，以及人員的身心評估，都是不可或缺的一部分。因為惟有把全部的危險因子都降至最低，才能有一趟既安全又能欣賞到海底珊瑚礁美景的好行程。

水域的第二個課程，則是我們經常接觸到的溪流生態，最近我們就在大南溪進行一次刺激與樂趣十足的溯溪之行。大南溪或其支流桑樹溪，可謂東大學生們的避暑勝地，但可以如此深入上游，如此深切體會到河水的力量，確實大大改變了先前我對它的輕視。我們以小組的方式自行討論，設計溯過急流的方法，登至對面的巨岩上，考驗的不只是頭腦的靈活反應，更是組員的團隊合作與默契，有些有失敗，有些則一次就登上。後方則有幾位體育系的高手在水流下方待命，以防止任何的危險狀況發生，安全幾乎是做到滴水不漏。

後來我們在回程的路上，還發現兩隻臭青母，體型不小，都超過一公尺長，似乎正要捕食石頭上的那隻青蛙，恰巧被我們撞見，馬上瞬雷不及掩耳鑽入石縫當中，可能是洞太小了，其中一隻的尾巴還留在石縫外數分鐘，讓我們這些沒看過野生蛇類的都市小孩大飽眼福，也算是在水域課程中的我們，一個接觸兩棲生態的機會，而這也代表著這裡的生態環境維護的還不錯，因為蛇類是非常怕人為干擾的，能讓我們在大白天下的溪床邊發現蛇影，確實是一件不容易的事。

當初選擇生態學程的原因，除了興趣之外，另一方面也是為了環境的保護，以及未來得出路，在教師人數需求越來越少的情況下身為師範體系的我們，亟需一條新的出路，參加生態學程的幾位學長姐們，有的也都考到了生態或旅遊等相關執照，加上本身科系的專業相

輔之下，對畢業後的就業確實有一定的幫助，畢竟現在是一個認證不認人的時代，有了要求的證書，一切都好辦。

　　就我個人而言，社會科中的地理實察，與生態的戶外教學，正好是一體兩面，如果緊密結合，以後要規劃或安排一些行程或活動，也比較有經驗，就算要派我們去當導遊也不成問題，因為學程中尚有許多戶外解說、實習，與研究的課程，這些課都對以後的升學工作發展，或是休閒旅遊方面有益。

　　既然名取為生態，環境的保護的技術及方法，自然也是學程積極推動的方向之一。其實我們都知道地球只有一個，環境一旦破壞了，要恢復幾乎都要付出非常慘痛得代價，所以評估環境成本，如何來抉擇環境保護與經濟發展，讓它維持在一個平衡點，這些都是刻不容緩的問題。因此學程也常會和民間合作，一起來保護生物多樣性，甚至參加環保團體的活動，一起去抗議那些在大型企業，以及政府底下無辜犧牲的自然生態環境，創造一個永續發展的生態循環。

　　偉人拿破崙曾言：「想得好是聰明，計畫得好更聰明，做得好是聰明又是最好。」我們就像是一個生命共同體，因為我們都生活在這片土地上。想是一件容易的事情，不去實踐，環境的破壞依然持續，直到有一天，山窮水盡疑無路，行至終途方恨早時，為時晚矣！

「發現自己」

佳作　教育學系／劉香蘭／心動學程

你了解自己多少？

從前的我對於這樣的問題，總會給自己打高分。我總以為很了解自己喜歡什麼、要什麼，我也一直都以為，我知道自己在過的是什麼樣的生活。這樣的淺薄「以為」到了我開始修習《身心整合健康產業學程》後有了非常大的改變，我開始發現，從前的我對於自己的了解僅僅有如冰山一角，其實我根本不了解自己的身體，就連意識上的了解也只是淺薄的認知。在這樣的察覺下，我開始學習探索自己的身體，進而學習整合自己的心理層面。

在修習學程之前，我從來沒想過，身體與心理之間的相互影響是那麼地密切，而我們對於身體在狀態下的覺察力卻是那麼地遲緩。舉個例子來說，當我們在日常生活中發生不如意的事件時，我們可能會緊咬牙根、手握拳頭並讓肌肉呈現緊繃狀態地準備「應戰」。這是我們身體本能的反應，然而我們常會忘了自己的身體呈現這樣的狀態，因為我們的注意總是在外界的人、事、物上面，而不是在自己的身體上，所以我們會忘了自己的身體還在緊張、還在緊繃、警戒，而忘記給予身體「放鬆」的指令，所以身體便一直無法放鬆下來。在這樣長久累積「緊張」之後，身體便會開始疲勞、痠疼，但是我們常不自覺，等它累積到我們可以察覺到的時候，我們的身體往往已經生病、受傷了。

如果你願意，或許可以嘗試看看，在一邊觀看電腦或電視時，緊咬牙根或讓全身肌肉繃緊，當你注意力被外界吸引住時，要花多少的時間才會想起自己身體的緊繃。我想，你一定會和我一樣，驚訝於自

己對身體的覺察力是那麼地遲鈍，因為我們對於外界的注意力，往往大過於對內在的體驗與觀察。

還記得有一回美珠老師讓我們兩兩一組，一人負責遠離或逼近對方，在人際距離間游移，另一人則站在原地，注意自己在對方遠離或近逼時的心理狀態與身體反應。在如此簡單的一個小操作中我確實體驗到，當有人逾越了我在潛意識狀態下為他（她）設定的那道界限時，我會不自覺地停止呼吸、全身發起「你不要再靠近」的警戒訊號！這樣的訊號可以說是人體在面對大自然的本能，但老師提起的一個問題也點醒了我們：「如果我們總是生活在這種緊張的情緒下，身體會變得怎麼樣呢？」

在這一連串整合身體與心靈的課程裡，老師常常會使用一些非常有趣的小遊戲讓我們在身體與心靈之間穿梭對話。在這段歷程中，我不僅學習到如何對待自己的身體，更學到如何檢視自己的內在。當我把注意力從外界的紛紛擾擾放回自己的身體感覺上時，我發覺我開始更專注在我的「自性」上。我是什麼樣的一個人？我的身體為什麼會這樣？我的身體如何影響心理？我的心理如何影響身體？等等諸如此類的問題不斷地在我心裡面激起洶湧的浪花——我不停地問，也不停地在課程的探索中發現我自己的本性。後來，我活得更加自在也更加喜悅，因為，在身心整合的課程裡，我每一次都有全新的自我發現和學習。

你呢？了解自己多少？

「乘風‧南島尋夢記」

佳作　語文教育學系／林郁茗／南島文化

潮水初醒，聽著

海風吹響夜的剎那

吹過一陣陣覆蓋浪的沙丘

屬於熱帶，屬於潮汐的盡頭

第一片葉落，初始

潛入過去，還有未知的黑暗

臺上的尊者緩慢，彷彿

族人中，領導的一環

接著點火，燃燒草原的風

追趕著羚羊、豹以及狼的吼叫

那嘶嘶繚繞於山谷的哀戚

恍如夜空，沉睡的幽冥一般

微曦，便聽聞耳語

那些來自洋面上的吶喊

迎向碎浪之間，看見菲律賓

還有踩著紐西蘭、奔向印尼的腳步聲

回到光中，回到原始的模樣

孵化在島嶼上的夢，逐漸於腦中

匯成一條長遠的脈絡

仍須超越，仍須走向海的那頭

我們順著福爾摩沙的領袖

前往熱帶，找尋更遠的傳說

第二片葉落　文明

當尊者再度搖醒，那些

飄盪在太平洋的風

我們來到，象徵蠻荒的部落

看著婦女在歌唱中紡織

以及孩童，追逐著純真的信仰

追向一處蔚藍的海岸

有著漁網，有著傳承島嶼的習慣

我們默默陪著尊者，傾訴

窺探一切的過去

穿越自然，穿越天幕的營帳

眼前映入歌舞的慶典

用繁華寫著遺忘的歷史

火把照亮了歡笑，以及淚水

浸濕了祖先的衣裳

還有斑斑的血，流淌著

那些屍體，那些被遺忘的家園

等待的只是豐收。等待著那些夢

被機器的腳步，逐漸塵封

第三片葉落　宗教

乘著魚出海吧！或許

歌唱的聲音能嚇跑魔鬼

在閃爍的海面，捻熄悲傷

舉起禱告的雙手，朝向未來

朝向更遠更長的方向祈求

來自神，來自裊裊升起的天籟

和一抹淡然於心的真誠

誦唸聲，似乎來自於尊者

以及那些未知的恐懼

相信生命，相信會在疾病中死去

經由巫醫的咒語，恍惚間

那些泛靈，那些大西洋的溼氣

在莊嚴的儀式中掙扎

一種絕對的犧牲，恆在這些

被自然綁住的真諦中

便也死去後，我們依然跟著族人游移

肝臟，住著千百世的靈魂

每一塊血肉，都跟著心跳顫動

歌頌著夢，還有傲骨來自遠去的風

第四片葉落　終章

回到故鄉。即便

步伐僅踏過地圖的一端

那頭的海鳥，總是飛得很低

嚮往著島國的美景，以及

絲絲讓人眷戀的睡意

我們只能看著影片，讀著一些

無法觸及遐想的字句

那煙霧，如此清晰

瀰漫周圍一股柔和的沁涼

還未離去的船，仍舊往南方處漂蕩

不斷尋找歷史的痕跡

向前，浪濤與岩層交織成一體

吐出許多珍藏的蓓蕾

來自遠方，來自族人四處的呼喚

那塊藏匿的寶藏，於心

於此刻封印的國度中，緩緩地

隨禱告聲，翳入了天聽

尊者已然停下腳步。請願者

仍舊繼續追隨，仍舊跟進

島國盡頭的神秘地帶，或許

才正要甦醒過來

國家圖書館出版品預行編目

那景、那師、那後山：新文藝空間美學徵文集
錄 / 簡齊儒主編. -- 一版. -- 臺東市 ： 臺
東大學出版 ；臺北市 ： 秀威資訊科技發行，
2009.05
　　面 ；　　公分. -- (語言文學類 ；ZG0050)
BOD 版
ISBN 978-986-01-8201-9(平裝)

830.86　　　　　　　　　　　98006598

語言文學類　ZG0050

那景、那師、那後山
——新文藝空間美學徵文集錄

主　　編 / 簡齊儒
執行編輯 / 林世玲
圖文排版 / 姚宜婷
封面設計 / 姚惠瀠
數位轉譯 / 徐真玉　沈裕閔
圖書銷售 / 林怡君
法律顧問 / 毛國樑　律師
出 版 者 / 國立臺東大學
　　　　　　臺東市西康路二段 369 號
　　　　　　電話：089-517761
　　　　　　http://www.nttu.edu.tw
印製經銷 / 秀威資訊科技股份有限公司
　　　　　　臺北市內湖區瑞光路 583 巷 25 號 1 樓
　　　　　　電話：02-2657-9211　　　傳真：02-2657-9106
　　　　　　E-mail：service@showwe.com.tw

2009 年 5 月 BOD 一版
定價：240 元

讀　者　回　函　卡

感謝您購買本書，為提升服務品質，煩請填寫以下問卷，收到您的寶貴意見後，我們會仔細收藏記錄並回贈紀念品，謝謝！

1.您購買的書名：＿＿＿＿＿＿＿＿＿＿＿＿＿＿＿＿＿＿

2.您從何得知本書的消息？

　　□網路書店　　□部落格　　□資料庫搜尋　　□書訊　　□電子報　　□書店

　　□平面媒體　　□ 朋友推薦　　□網站推薦　□其他＿＿＿＿＿＿

3.您對本書的評價：(請填代號　1.非常滿意 2.滿意 3.尚可 4.再改進)

　　封面設計＿＿＿　版面編排＿＿＿　內容＿＿＿　文/譯筆＿＿＿　價格＿＿＿

4.讀完書後您覺得：

　　□很有收獲　　□有收獲　　□收獲不多　　□沒收獲

5.您會推薦本書給朋友嗎？

　　□會　□不會，為什麼？＿＿＿＿＿＿＿＿＿＿＿＿＿＿＿＿

6.其他寶貴的意見：＿＿＿＿＿＿＿＿＿＿＿＿＿＿＿＿＿＿

＿＿＿＿＿＿＿＿＿＿＿＿＿＿＿＿＿＿＿＿＿＿＿＿＿＿＿＿

＿＿＿＿＿＿＿＿＿＿＿＿＿＿＿＿＿＿＿＿＿＿＿＿＿＿＿＿

＿＿＿＿＿＿＿＿＿＿＿＿＿＿＿＿＿＿＿＿＿＿＿＿＿＿＿＿

讀者基本資料

姓名：＿＿＿＿＿＿＿＿＿＿　年齡：＿＿＿＿　性別：□女 □男

聯絡電話：＿＿＿＿＿＿＿＿　E-mail：＿＿＿＿＿＿＿＿＿＿

地址：＿＿＿＿＿＿＿＿＿＿＿＿＿＿＿＿＿＿＿＿＿＿＿＿＿

學歷：□高中(含)以下　　□高中　　□專科學校　　□大學

　　　□研究所(含)以上 □其他＿＿＿＿＿＿＿＿

職業：□製造業 □金融業 □資訊業 □軍警 □傳播業 □自由業

　　　□服務業 □公務員 □教職　　□學生 □其他＿＿＿＿＿＿

To：114

台北市內湖區瑞光路 583 巷 25 號 1 樓

秀威資訊科技股份有限公司　　　收

寄件人姓名：

寄件人地址：□□□

（請沿線對摺寄回,謝謝!）

秀威與 BOD

BOD（Books On Demand）是數位出版的大趨勢，秀威資訊率先運用 POD 數位印刷設備來生產書籍，並提供作者全程數位出版服務，致使書籍產銷零庫存，知識傳承不絕版，目前已開闢以下書系：

一、BOD　學術著作—專業論述的閱讀延伸
二、BOD　個人著作—分享生命的心路歷程
三、BOD　旅遊著作—個人深度旅遊文學創作
四、BOD　大陸學者—大陸專業學者學術出版
五、POD　獨家經銷—數位產製的代發行書籍

BOD 秀威網路書店：www.showwe.com.tw
政府出版品網路書店：www.govbooks.com.tw

　　永不絕版的故事・自己寫・永不休止的音符・自己唱